KB105108

GAME OF GOETIA

니콜로 장편소설

FUSION FANTASTIC STORY

마왕의 게임

마왕의 게임 3

니콜로 장편소설

초판 1쇄 찍은 날 § 2015년 10월 6일
초판 1쇄 펴낸 날 § 2015년 10월 13일

지은이 § 니콜로
펴낸이 § 서경석

편집책임 § 한준만

펴낸곳 § 도서출판 청어람
등록번호 § 제387-1999-000006호
등록일자 § 1999. 5. 31
어람번호 § 제1-2247호

주소 § 경기도 부천시 원미구 부일로 483민릴 40 씨엽D/D 3F (우) 14640
전화 § 032-656-4452 팩스 § 032-656-4453
http://www.chungeoram.com
E-mail § chungeorambook@daum.net

ISBN 979-11-04-90444-8 04810
ISBN 979-11-04-90396-0 (세트)

GAME OF GOAIM

3

니콜로 장편소설

FUSION FANTASTIC STORY

마왕의 게임

도서출판 청어람

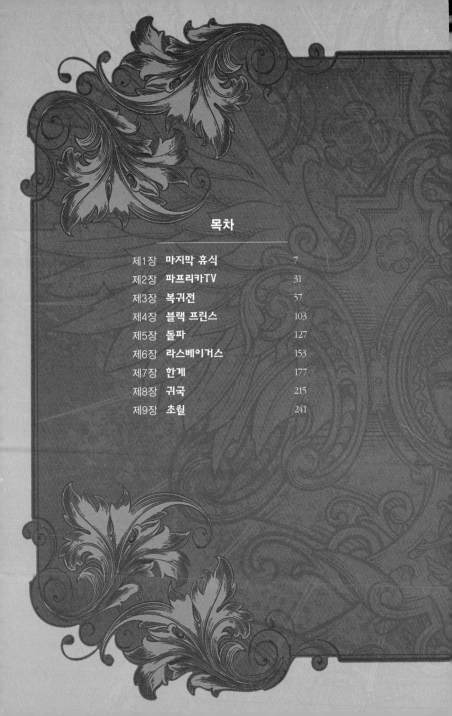

목차

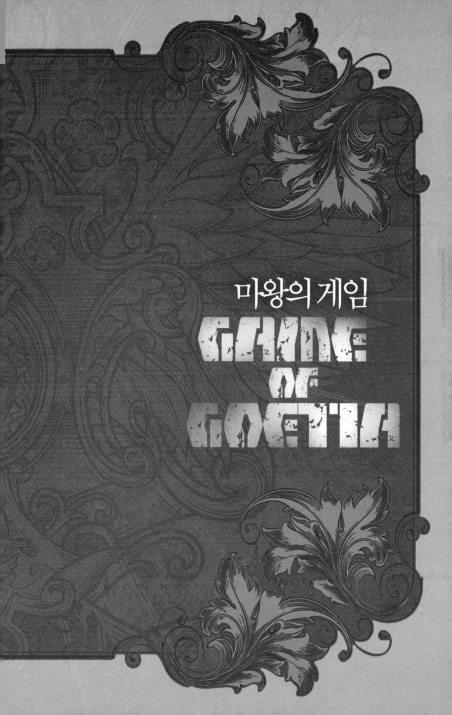

마왕의 게임

GAME
OF
GOETIA

제1장
마지막 휴식

시간이 흘러 시즌 오프 기간이 얼마 남지 않게 되었다.

다시금 프로리그와 개인리그를 뛰어야 하는 선수들에게 각 프로 팀은 마지막으로 3박 4일의 휴가를 주었다.

짧게 재충전의 시간을 가진 뒤에 한 시즌을 다시 시작하라는 의미였다.

이신 또한 출근하지 않고 집에서 머무르게 되었는데, 때마침 기다렸던 연락이 왔다.

이신교 교주 지수민의 전화였다.

─신 님! 건강하셨죠?

"마지막으로 통화한 지 며칠 안 지났습니다."

─에헤, 그동안 감기라도 걸리면 큰일이잖아요. 요 며칠 부쩍

덥던데 에어컨 빵빵 틀어놓고 주무셨다가 감기 걸리셨을지도 모르고.

"멀쩡합니다."

─그럼 다행이에요.

"차는 어떻게 됐습니까?"

이신은 어서 용건을 말하라고 재촉했다.

─차는 진즉에 입수했죠. 운전사를 구하느라 시간이 걸렸어요.

"구했습니까?"

─그럼요. 운전사 경력도 있으면서 신 님 경호원도 겸하면서 매니저처럼 여러 가지 잔심부름도 할 수 있는 빠릿빠릿한 사람을 찾아봤어요.

"잘됐군요. 그 사람 월급은 얼마나 줘야 합니까?"

─월 5백 정도는 줘야죠. 운전사 고용 문제는 그냥 제게 맡기……

"괜찮습니다."

지수민이 앙탈을 부렸지만 이신은 철벽처럼 꿈쩍도 안 했다.

─힝, 알았어요. 아무튼 운전사랑 같이 서류 가지고 갈게요.

"직접 말입니까?"

─신 님 일인데 제가 직접 챙겨야죠.

이신은 흘깃 손목시계를 바라보았다.

손목시계는 심상치 않은 중후한 암갈색 광택을 내고 있었는데, 알파벳으로 바쉐론 콘스탄틴이라는 브랜드 명이 새겨져 있었다.

그 유능한 운전사의 연봉을 상회하는 엄청난 고가품.

지수민이 얼마 전에 이신교가 공물을 보낼 때 슬쩍 끼워 넣은 선물이었다.

이신교에서 과도하게 비싼 선물을 보내는 일은 없었기 때문에 이신은 그저 가성비 좋은 시계인 줄 알고 차고 다니는 중이었다.

"곧 저녁 식사 때군요. 보답으로 제가 식사를 사겠습니다."

―어머, 좋아라! 그럼 딱 6시까지 신 님 댁 앞으로 갈게요!

"예."

시간이 되자 이신은 버튼다운 셔츠와 청바지를 대충 입고 갈색 구두를 신고 밖으로 나섰다.

아무 생각 없이 입었지만 예전에 이신교의 대사제들이 문자로 보내준 코디 중 하나였다. 게다가 체격이 워낙에 좋아 모델처럼 화사했다.

엘리베이터를 타고 내려가다가, 중간에 탑승한 여대생이 이신을 보고 화들짝 놀랐다.

이신은 살짝 고개를 끄덕여 인사했고 여대생도 몸 둘 바를 몰라 하며 허둥지둥 인사했다.

그 뒤로 이신은 전혀 신경을 쓰지 않았지만, 여대생은 얼굴이 붉게 상기된 채 그를 흘깃흘깃 훔쳐봤다.

*　　　*　　　†

롤스로이스 팬텀의 쾌적한 뒷자리에서 젊은 여성의 기분 좋은 휘파람 소리가 울려 퍼졌다.

"기분이 좋으신 모양입니다."

30대 중반의 건장한 운전사가 말을 건넸다.

뒷자리의 여성, 지수민은 배시시 웃었다.

"신 님의 용안을 직접 뵙는 게 얼마 만인지 몰라요."

"그렇게 좋으십니까?"

운전사는 한숨을 쉬었다.

그의 이름은 정상범.

어려서부터 합기도를 했고, 중학생 때 유도를 시작해 대학생 시절에는 아시안게임 국가대표까지 될 뻔했던 전적이 있는 사내였다.

해병대 수색대로 군복무를 마친 뒤에는 경호원 일을 하다가 IT미디어그룹 올도어의 회장 지창현의 눈에 들어 운전사까지 겸하게 되었다.

그리고 지금은…….

'내가 어쩌다가 이렇게 됐지?'

지창현 회장의 둘째 딸 지수민이 어느 날 대뜸 땡깡을 부리며 정상범을 넘기라고 요구했다.

정상범에게도 연봉을 더 올려주겠다고 회유와 협박을 병행했다.

올도어 회장의 운전사 겸 경호원이라는 그럴듯한 직책에 만족스러워하고 있던 정상범으로서는 어처구니가 없는 일이었다.

딸에게 약한 지창현 회장은 정상범에게 몇 년만 고생하라며 타일렀다.

결국 정상범은 이신의 운전사가 되기로 했다.

거기까지는 좋았다.

연봉도 높아진 데다가 이신 또한 알아주는 세계적인 인사였으니까.

다만 문제는 역시 지수민이었다.

"제가 드린 이야기는 기억하고 계시죠?"

"…예."

정상범은 이해가 가지 않았다.

"그런데 정말 그것만으로 연봉 1천만 원을 더 얹어주신다는 겁니까?"

"물론이죠. 그럴 만한 가치가 있는 일이에요."

"하아, 아무리 그래도 도촬이라니……."

탐탁지 않은 표정의 정상범.

그런 그에게 지수민이 눈매를 날카롭게 뜨며 말했다.

"도촬이 아니에요. 그저 신 님께서 신경 쓰이지 않도록 조용히 일상의 모습을 카메라에 담는 일이죠."

"그게 바로 도촬이 아닌지……."

"노출 사진 같은 프라이버시를 침해하는 사진은 필요 없어요. 어디까지나 쉽게 접할 수 없는 신 님의 일상을 찍어서 보내주시면 돼요."

그러면서 지수민은 조그마한 목소리로 덧붙였다.

"무, 물론 상반신 정도는 괜찮겠죠? MBS팀에서 체력 훈련을 시작하시면서 몸이 다시 좋아지기 시작하셨을 텐데, 아흥……."

상상만 해도 달콤한지 달콤한 신음을 흘리며 어쩔 줄을 몰라 하는 지수민이었다.

그런 그녀를 백미러로 보며 정상범은 심사가 복잡해졌다.

슈퍼스타와 그 열혈 광팬인 회장 딸 사이에서 휘둘릴 자신의 미래가 벌써부터 보이는 듯했다.

'어휴……'

잠시 후에 이신이 사는 오피스텔 건물 앞에 도착했다.

딱 시간에 맞게 도착했기 때문에 이신이 밖으로 나와 있었다.

"신 님!"

창문을 내리고 지수민이 손을 마구 흔들었다.

그렇지 않아도 높은 상태였던 그녀의 흥분도가 한층 심해진 느낌이었다.

정상범은 문을 열어주기 위해 운전석에서 나왔지만, 이신은 가벼운 손짓으로 그를 제지하고는 스스로 뒷문을 열고 들어갔다.

정상범은 아랫사람을 다루는 듯한 그의 손짓에 흠칫 놀랐다.

지창현 회장에 버금갈 정도로 자연스러운 태도.

타고난 갑의 냄새였다.

한편 이신은 문을 열고 뒷자리에 타면서 깜짝 놀랐다.

차에 타는데 고개를 숙일 필요가 없었다.

좌석의 쿠션감이 그의 몸을 부드럽게 받아낸다.

"어때요? 좋죠?"

지수민이 이신에게 바짝 다가와 물었다.

"예, 좋습니다."

다리를 뻗어도 될 정도로 쾌적한 넓은 차 내부.

이신은 롤스로이스 팬텀의 차내를 둘러보며 감탄을 했다.

"이것도 한번 보세요."

지수민은 차문을 열더니, 문틈에 꽂혀 있는 검은 전용 우산을 보여주었다.

"비 오면 이걸 꺼내 쓰시면 돼요. 우산이 차에 세 개 숨겨져 있는데 이것도 200만 원쯤 하는 좋은 우산이에요."

그녀의 설명이 좔좔 이어졌는데, 테플론 코팅이 되어 있어 말리지 않고 넣어도 녹이 슬거나 변형되지 않는다고 했다.

수납공간도 많아서 여러 가지 작은 물품을 넣을 수도 있다.

등받이 각도는 27도 정도까지 넘어가고, 68도 범위 내에서 조절 가능한 다리받침과 30도까지 기울어지는 발 받침대까지 있었다.

이신은 고개를 끄덕였다.

"정말 만족스럽습니다. 계약서를 주십시오."

"네, 여기요."

이신은 그녀가 한 장 한 장 건네주는 서류에 거침없이 사인을 했다.

또한 운전사 정상범에 대한 고용 계약도 체결했다.

지수민이 미리 만들어온 계약서에 사인만 하면 되었기에 금방 볼일이 끝났다.

"이제 식사하서야죠? 우리 신 님 많이 배고프시겠다."

"보답으로 제가 사겠습니다."

"네! 잘 아는 곳이 있으니 그리로 가요."

그날 그들은 강남에 위치한 호텔 레스토랑에 가서 식사를 했다.

함께 식사를 하다가 문득 이신이 물었다.

"혹시 탐정 같은 조사 일을 하는 사람을 알고 있습니까?"

"탐정이요? 왜요?"

"조사할 게 있습니다. 그리 어려운 일이 아닙니다."

"잘 아는 탐정이 있어요."

그녀는 이신의 손목 습격 사건을 조사하기 위하여 탐정을 고용한 적 있었다.

"무슨 일이신데요?"

"그냥 사람을 찾는 일입니다. 딱히 숨어 사는 사람들도 아니니 찾는 게 어렵지 않을 겁니다."

"그 정도 일이라면 간단하겠네요. 혹시 민감한 일이 아니시라면 제게 맡겨주세요."

이신은 고개를 끄덕이고는 자세한 일을 설명해 주었다.

"홍대입구역 쪽의 자취방에 장민재라는 사람이 살고 있습니다. 나이는 22세이고 동거 중인 여자 친구가 있습니다."

지수민은 수첩을 꺼내 받아 적기 시작했다.

"네, 그리고요?"

"그 장민재의 부모님이 청주에서 농사를 짓고 있다는데 자세한 주소는 모르겠습니다."

"금방 찾을 수 있을 거예요. 그리고요?"

"그 부모님에게 아들이 현재 어떻게 살고 있는지를 알려주면 됩니다. 장민재는 별로 질이 좋지 않은데, 상습적으로 범죄를 저지르고 있다는 것까지 상세하게 알려주면 더 좋을 것 같습니다."

"네, 알겠어요. 근데 이 장민재라는 사람은 누구예요?"

"그건 알 필요 없습니다."

이신이 단호하게 잘라 말하자, 지수민은 찔끔했다.

"네……."

그렇게 저녁 식사는 끝났고, 이신은 집 앞에 도착해서 그녀와 헤어졌다.

'이 정도면 황병철 쪽 일도 대충 마무리가 되겠군.'

그냥 방치하자니 황병철이 계속 장민재에게 갈취당하는 게 마음에 걸렸고, 그렇다고 경찰에 알리자니 황병철까지 엮일 게 뻔했다.

다행히 플라우로스에게 받은 검은 구슬을 통해 본 장민재는 아버지를 굉장히 무서워했다.

아버지가 나서서 장민재를 응징하고 시골로 끌고 가면 대략 마무리가 되겠다 싶었다.

＊   ＊   ＊

운전을 하면서 정상범은 힐끔 백미러로 지수민을 살폈다.

지수민의 표정은 차갑게 굳어 있었다.

아까까지는 밝고 명랑했던 그녀가 이신과 헤어지자마자 그렇게 돌변한 것이었다.

"장민재……."

지수민은 서늘한 눈빛으로 수첩에 적은 내용을 살폈다.

"어떻게 신 님이 이놈을 아시는 거지?"

그녀는 탐정을 고용해서 이신을 습격한 범인을 찾으려 했던 적 있었다.

끝내 범인은 찾지 못했지만 조사 과정에서 의심스러운 인물을 발견한 적 있었는데, 그게 바로 황병철의 친구 장민재였다.

탐정의 조사에 따르면 그 사건 전부터 지금까지 황병철과 자주 만났던 것으로 확인되었고, 더 뒷조사를 해보니 여러 가지 경범죄를 저지르는 등 질이 안 좋은 인물이었다.

하지만 증거가 남아 있지 않아서 확신을 할 수 없었다.

또한 황병철이 그 일을 교사한 것인지, 아니면 잘못 엮인 것인지, 아니면 완전한 오해인지 확신할 수 없었다.

결국 그렇게 조사가 지지부진하다가, 이신이 부상을 딛고 선수 복귀를 하면서 그녀는 조사도 접어버렸더랬다.

그런데 이신의 입에서 장민재의 이름이 언급된 것이었다.

지수민은 놀라지 않을 수 없었다.

이신의 입에서 장민재가 언급되었다면, 이게 무슨 뜻일까?

눈치가 빠른 그녀는 여러 가지 사실을 알아차릴 수 있었다.

첫째, 이신은 장민재가 범인이라고 생각하고 있다.

둘째, 이신은 이 일이 조용히 처리되길 원한다.

셋째, 그대로 일을 끝맺으려는 걸로 보아, 이신은 황병철에 대해서는 달리 조치를 취할 생각이 없어 보였다.

즉, 장민재만 없어져 버리면 모든 게 깔끔하게 끝난다고 생각하는 모양이었다.

'그럼 내가 처리해 드려야지.'

지수민은 잡음 없이 깔끔하게 일을 매듭 짓고자 하는 이신의 뜻을 따르기로 했다.

그녀 역시 동감이었다.

'다시는 나타나지 못하게 해야지.'

*   *   *

밤새워 술을 마신 장민재는 아침에 돌아와 종일 자다 저녁 무렵에야 비로소 부스스 눈을 떴다.

시계를 본 장민재는 저녁 7시를 가리키는 시곗바늘을 보고 당혹감을 느꼈다.

'아, 씨발. 오늘 일하기로 했는데.'

친구 소개로 일당 알바를 하기로 했던 날이었다.

핸드폰을 보내 부재중 통화가 7통이나 있었다.

'아, 망했다.'

장민재는 오만상을 찌푸리더니 이내 포기하고는 핸드폰을 내리겠나.

동거하던 여자 친구와 헤어지고 나니 이럴 때 깨워줄 사람이 없었다.

그의 삶은 부쩍 피폐해져 있었다.

지난번 황병철에게서 거금을 뜯고 나서부터 그는 생활의 중심을 잡지 못하게 되었다.

갑자기 공짜로 들어온 거금에 정신을 못 차리게 된 것이었다.

대가를 지불하지 않은 돈을 얻게 되자, 더 이상 아르바이트를 하지 못하게 되었다. 고생은 많은데 받는 대가는 얼마 안 되는 푼돈이라 허망하게 느껴졌던 것이다.

여기저기 아는 사람에게 돈을 빌려 썼는데, 갚지는 않고 더 빌릴 사람도 없어지면서 점점 인간관계가 소원해졌다.

같이 어울리던 친구들이 그렇게 그를 기피하기 시작했고, 혼자가 된 장민재는 황병철에게 돈을 뜯어내 어떻게든 생활해 나갔다.

나날이 뻔뻔함이 도를 넘어서면서 요구하는 금액도 점점 많아졌다.

'일단 나갈까.'

장민재는 머리를 긁적이고는 옷을 주워 입고 밖으로 나섰다.

하릴없이 거리를 서성이던 그는 핸드폰을 꺼내 일을 소개해 줬던 친구에게 전화했다. 그래도 사과 정도는 해야겠다는 생각이 들 정도로 판단력이 돌아온 셈이었다.

"여보세요? 한수야, 미안하다. 내가 좀 아파서 오늘 하루 종일……."

—지랄하지 마라. 술 퍼마시고 잤잖아. 여기저기 전화해 보니까 너랑 밤새 술 마셨다고 하더라, 개새끼야.

"…아, 미안해. 내가 다음에……."

—끊어. 이제 연락하지 마. 내가 너한테 빌려준 돈 그냥 포기하고 너랑 상종 안 하고 만다. 차라리 그게 이득이겠다.

그렇게 통화는 거칠게 끊겼다.

"한수야, 야!"

소리를 질러 보았지만 이미 통화는 끊긴 뒤라 혼잣말에 불과했다.

빌린 돈도 얼마 안 되는데 치사하게 군다고 생각했다. 하지만 이내 자신의 잘못임을 알기 때문에 한숨을 쉬며 심란한 마음으로 거리를 방황했다.

'어쩌다 이렇게 되었을까?'

아무도 없는 놀이터 벤치에 앉아서 장민재는 스스로에게 물었다.

그런데 바로 그때였다.

놀이터 쪽으로 다가오는 한 남자가 있었다. 체격 건장한 중년 사내가 똑바로 이쪽으로 오자, 장민재는 괜스레 두려워졌다.

"가, 갈까."

장민재는 자리에서 일어나 자연스럽게 집에 돌아가는 척 반대편으로 걸음을 옮겼다.

하지만 반대편에서도 사내가 다가오고 있었다.

'지, 진짜 뭐야?!'

공포심을 최대한 내색하지 않고 장민재는 다른 방향으로 돌렸다.

…그곳에서도 다가오는 사내가 있었다.

세 명의 사내가 세 방향에서 똑바로 장민재를 노려보며 다가오고 있었다.

무언가 불길함을 느낀 장민재는 급기야 잽싸게 달아나기 시작했다.

사내들은 서둘러 쫓지 않고 천천히 걸을 뿐이었다.

서두를 필요가 없었다.

퍼억!

"악!"

도망치던 골목 코너에서 또 다른 사내가 나타나 장민재를 후려쳤다.

데굴데굴 구른 장민재는 사내에게 붙잡혀 놀이터로 질질 끌려갔다.

"누, 누가 좀……!"

"조용히 하는 게 좋아."

한 사내가 장도리를 꺼내 보이며 음산하게 말했다.

나이프 같은 흔한 흉기도 아닌 장도리였다. 공포심에 장민재의 입이 꾹 다물어졌다.

"왜, 왜 이러세요?"

"골타시 몰이?"

"네?"

"이러면 알려나?"

한 사내가 장민재의 오른손을 당겨 벤치에 놓았다.

다른 사내가 그 오른손을 보며 장도리를 들어 올렸다. 금방이라도 내려칠 듯했다.

"아, 아악! 자, 잠깐만요! 하지 마세요!"

기겁하여 소리치는 장민재.

"이젠 알겠어?"

"네… 잘못했어요!"

장민재는 울먹거렸다.

자신의 오른손을 박살 내려는 사내들의 행동에 대번에 이신 사건이 생각났다.

그것 말고는 이렇게 붙들려 위협당할 만한 문제가 떠오르지 않았다.

'황병철? 그 새끼가 분 건가? 아니면 대체……!'

더 깊이 생각해 볼 여유가 없었다.

장도리가 툭 하고 오른손에 닿자 장민재가 비명을 지르며 울부짖고 버둥거렸다.

"아직 안 때렸어, 자식아."

"으허엉! 하지 마세요! 제가 잘못했어요!"

바지가 사타구니를 중심으로 뜨끈하게 젖어들었다.

"잘못한 짓을 왜 했어?"

"그, 그냥 돈이 필요해서……!"

"돈 필요하면 사람 병신 만들어도 돼? 그럼 우리도 너 병신 만

들면 되겠네?"

"아, 아니에요! 잘못했어요! 사, 사, 살짝 다치게만 하려고 했는데 너무 정통으로 맞아서… 저도 그럴 생각은 없었어요!"

장민재는 횡설수설했다.

"장민재, 지금부터 내 말 잘 들어. 토씨 하나라도 기억 못 하면 손모가지 날아가는 거야."

"네……!"

"사흘 줄 테니까 여기서 사라져. 청주 내려가서 부모님이랑 농사짓고 효도도 하고, 지금부터 앞으로의 네 인생은 그거야. 알아들었어?"

"네……."

"원래는 조져 버리려 했는데 네 인생도 참 시궁창이라 불쌍해서 봐주는 거야. 그런데 사흘이 지났는데도 네가 청주에 안 갔다? 그럼 그땐 신체장애 3등급 받는 거야, 알았어?"

"네, 네!"

다른 사내가 장민재에게 자기 스마트폰을 꺼내 보였다.

녹음 어플을 실행시키자 장민재가 횡설수설 내뱉은 말이 흘러 나왔다.

—사, 사, 살짝 다치게만 하려고 했는데 너무 정통으로 맞아서… 저도 그럴 생각은 없었어요!

경찰에 신고하면 너도 좋을 것 없다는 무언의 경고였다.

협박을 통해 얻어낸 녹음은 증거 자료가 될 수 없지만, 멍청한 장민재가 그것까지 알지는 못할 거라고 판단했다.

사내들이 사라지고서 장민재는 넋을 잃은 얼굴로 멍하니 혼자 섰다.

방금 자신에게 일어난 일이 믿겨지지 않았다. 하지만 다리에서 느껴지는 차가운 감촉이 현실을 일깨워 주고 있었다.

"억! 씨발!"

오줌을 지린 것을 뒤늦게 깨달은 장민재는 허겁지겁 자신의 자취방으로 돌아갔다.

돌아가는 길에 몇몇 사람이 그를 보며 수군거렸다.

부끄러워서 죽을 것 같았다.

다음 날, 장민재는 홍대 부근에서 사라져 버렸다.

아마도 두 번 다시 나타나지 않을 터였다.

* * *

그렇게 장민재 건은 해결이 되었지만, 정작 이신에게는 새로운 문제가 터진 상태였다.

그것도 아주 대한민국이 들썩거리는 큰 사건이었다.

―'게임의 신' 이신, IT미디어 그룹 올도어 회장 차녀와 열애 중?

―이신, 올도어 그룹 차녀 지수민과 호텔 출입 포착

—'신의 여자' 열애설의 주인공 지수민 올도어 부사장은 누구?

—최고급 세단 롤스로이스 팬텀과 고가의 손목시계 등 선물 받아

—이신 열애설 실시간 검색어 1위

—올도어 측 "열애설은 사실무근"

—신에게 매료된 재벌가 차녀

—이신 팬클럽 회장은 재벌가 차녀 '경악'

휴가 기간 3박 4일 내내 집에 틀어박혀 있었던 이신은 이 사실을 까맣게 모르고 있었다.

워낙 보안이 튼튼한 고급 오피스텔에서 살고 있는 탓에 멋대로 들이닥치는 사람도 없었고, 오직 게임만 하느라 인터넷을 하지도 않았다.

하지만 휴가가 끝나고 출근하기 위해 집을 나섰을 때, 지하주차장에서 기자들이 벌 떼같이 모여들었다.

롤스로이스 팬텀에 타려던 이신은 기자들에게 둘러싸여 애를 먹었다.

운전사 정상범이 뛰쳐나와 뜯어말렸지만 혼자서는 역부족이었다. 오히려 기자들은 이신은 물론 푸른색의 롤스로이스 팬텀까지 마구 사진을 찍어댔다.

"이신 씨!"

"한 말씀만 부탁드립니다!"

"올도어 그룹의 차녀 지수민 씨와 열애 중이신 게 사실입니까?"

"사흘 전날 밤에 함께 호텔에 들어가시는 모습이 포착되었는데 사실입니까?"

"롤스로이스와 고가의 시계를 선물 받았다고 하던데요?!"

이신은 쏟아지는 질문에 어안이 벙벙했다. 하지만 이내 어찌된 사태인지 깨닫고서는 입을 열었다.

"지수민 씨는 제 팬클럽 회장이고 종종 제 일에 도움을 주시고는 합니다."

"하지만 사흘 전에 함께 호텔에 출입하셨는데요?"

"최근에 도움받은 게 있어서 호텔 레스토랑에서 식사 대접했습니다."

"롤스로이스 팬텀을 선물 받으신 것이 사실입니까?"

"일개 팬의 선물치고는 지나친 고가가 아닙니까?"

계속 쏟아지는 질문에 이신은 덤덤히 답했다.

"제가 샀습니다."

"개인이 구매하기에는 비싼 차량 아닙니까?"

"예, 아닙니다."

이신의 간단한 대꾸에 기자들이 웃음바다가 되었다.

"지금 차고 계신 손목시계도 지수민 부사장에게 선물 받은 것 아닙니까?"

"팬클럽의 선물이라고 해서 받았습니다."

"일개 팬의 선물이라고 하기에는 지나치게 비싼 선물이 아닌

가요?"

이신은 고개를 갸웃거렸다.

"이게 비쌉니까?"

정말 몰라서 물어본 것이었다.

하지만 그의 순수한 의도와 상관없이, 그건 두고두고 회자될 명언이 되었다.

─이신 초호화 손목시계 화제 "나한텐 비싼 거 아냐"

─"롤스로이스 팬텀, 바쉐론 콘스탄틴 시계 나한텐 안 비싸" 역사상 가장 성공한 프로게이머의 재력!

─이신 손목시계 가격은 6천만 원 상당 '경악'

─이신, 열애설 부인 "그냥 내 팬"

─이신, 지수민 부사장과 평소에도 종종 만나는 사이로 알려져

지수민에 대해 아는 이신교의 광신도들이나 e스포츠 마니아들을 통해 열애설은 사실이 아닌 것으로 밝혀졌다.

하지만 이신은 여전히 화제가 되어서 인터넷 언론에게 이름이 오르락내리락했다.

초호화 세단인 롤스로이스 팬텀을 소유한 유일한 프로게이머.

세나가 짙은 갈색의 우아힌 디자인을 뽐내는 바세론 콘스탄틴 손목시계의 가격!

그것이 평소 이신의 수려한 외모와 패션과 어우러져 모두가 동경하는 럭셔리한 삶의 모습이 된 것이었다.

특히 바쉐론 콘스탄틴 손목시계에 대해 이게 비싼 거냐고 물은 이신의 반응은 네티즌들을 웃게 만들었다.

이신을 잘 아는 팬은 그가 정말 명품 브랜드에 대해 전혀 몰라서 물은 거란 걸 알고 있었던 것이다.

하지만 이신이 그만한 고가품을 얼마든지 소유할 재력을 갖춘 건 사실이었기 때문에 개그 소재로 두고두고 쓰였다.

사실 원체 마이페이스에 오만했던 이신이었다.

때문에 초호화 차량과 시계 등의 사치가 질시와 비호감이 아닌 개그로 받아들여질 수 있는 것이었다.

이신이 연습실에 들어서자 선수들과 연습생·코치들의 시선이 집중되었다.

"재벌가 딸이랑 열애설……"

"클래스 쩐다."

"나도 존나 열심히 게임해야겠다."

"나도 롤스로이스 팬텀 타보고 싶어."

"게임 잘하면 저렇게까지 성공할 수 있는 거야?"

이신은 모두의 시선과 수군거림을 깨끗이 무시하고 자기 자리에 앉았다.

주디조차도 뭔가 묻고 싶은 게 잔뜩 있는지 빤히 이신을 쳐다보고 있었다.

그리고…….

"야."

반대편에서 방진호 감독이 불렀다.

"왜요?"

"돈 많으니까 좋냐?"

이신의 얼굴이 일그러졌다.

"6천만 원짜리 손목시계도 선물 받고, 잘났다?"

"……."

방진호 감독은 낄낄거리며 농담을 걸었고, 처음으로 이신을 골리는 데 성공해 만족스러워했다.

이신은 '적당히 싸고 튼튼하다'던 손목시계에 대해 해명을 받기 위해 지수민에게 전화를 걸었지만, 전화기가 꺼져 있다는 음성 녹음만 들릴 뿐이었다.

제2장

파프리카TV

"쉬고 나더니 다 까먹었어? 정신들 못 차리지!"

팀원 모두에게 주어진 3박 4일의 휴가가 끝나고 훈련이 재개된 둘째 날.

방진호 감독의 호령으로 선수들의 아침이 시작되었다.

조금 여유로웠던 시즌 오프 때와 달리 휴가가 끝나고 나자 방진호 감독은 본격적으로 빡세게 선수들의 군기를 잡기 시작했다.

하지만 누구도 불만을 품지 않았다.

1, 2군 선수들은 이미 알고 있었다.

곧 후반기 프로리그가 시작된다. 이제 슬슬 긴장감을 다시 끌어올려야 할 때였다.

하지만 단 한 사람. 이신은 평소와 다를 바 없이 유유히 게임을 하고 있었다.

방진호 감독도 이신에게는 아무런 터치를 하지 않았다.

신.

프로게이머로서 이신이 이룬 경지는 이미 타의 추종을 불허한다.

저 왼손에 감긴 6천만 원짜리 손목시계보다 더 빛나는 e스포츠의 별.

그런 그에게 방진호 감독이 관여할 수 있는 부분은 아무것도 없었다.

'내버려 둬도 알아서 잘할 테니까.'

이신은 정다울과 연습 게임을 하고 있었는데, 주디가 뒤에서 이신이 플레이하는 모습을 면밀히 지켜보고 있었다.

이신의 개인 화면을 직접 보고 배우게 하려는 모양이었다.

주디를 위해서인지 이신은 자신의 스타일을 배제한 정석 플레이를 보이고 있었다.

그럼에도 이신은 여전히 위력적이었다.

고속전차와 기동포탑을 엄청난 물량으로 뽑아내며 센터를 장악하고 있었다.

정다울도 인구수 제한이 꽉 찬 풀 병력을 갖추고 있었지만 쉬이 달려들지 못하고 피해 다니며 신경전을 벌였다.

이신은 고속전차로 계속 지뢰를 깔아대며 정다울의 병력 이동 동선을 제한시키기 시작했다.

그렇게 몰이를 하듯이 정다울의 병력을 몰아넣었고, 타이밍을 본 순간 총공격을 감행했다.

콰콰콰콰쾅—!

자리를 잡은 기동포탑들이 포격모드로 변신해 불길을 뿜었다. 정다울은 그럼에도 싸우지 않고 본진까지 병력을 일제히 후퇴시켰다.

끈질기게 싸우지 않고 피하는 이유가 있었다.

'호오?'

방진호 감독의 눈에 이채가 띠었다.

정다울의 아바타 2기가 이신의 본진으로 향하고 있었다.

상대 병력을 끌어들인 뒤에 아바타 소환으로 텅 빈 이신의 본진을 공략하겠다는 의도였다.

'전술적인 플레이가 좀 더 능숙해졌는데?'

정다울의 성장한 모습이 썩 반가운 방진호 감독이었다.

독특하게도 괴물에 강한 신족 플레이어 정다울.

그런 그가 인류를 상대로도 어느 정도 실력 발휘를 해준다면 팀 전력에 큰 보탬이 될 것이다.

하지만…….

'쯧쯧, 가차 없네, 새끼가.'

좋은 플레이를 보였지만, 이신은 그럴 줄 알았다는 듯이 미리 뽑아놓은 스텔스 전투기 4기로 아바타 2기를 족족 격추해 버렸다.

주디는 아 하고 감탄한 얼굴을 했다.

풀 병력으로 진출하는 중에도,상대 신족의 본진 소환 공격을 대비하여 소수 공중 유닛을 대기시켜 놓는 준비성.

주디는 그런 이신의 플레이를 보고 배우며 점점 자신의 빈틈을 보완할 계기를 얻고 있었다.

그렇게 그날의 훈련을 마치고 이신은 집으로 돌아갔다.

이신을 데리러 온 롤스로이스 팬텀과 주디를 데리러 온 리무진이 나란히 MBS 방송국 앞에 대기하는 진풍경도 연출되어 인터넷을 달구기도 했다.

집에 도착한 이신은 바로 PC 앞에 앉았다.

'어디 한번 시작해 볼까?'

이신은 파프리카TV에 접속했다.

Player_SIN의 아이디로 방송을 시작했다.

*　　　　*　　　　*

파프리카TV에 신입 BJ가 나타난 것은 그다지 특별한 일이 아니었다.

한때 유명했던 스타가 BJ로 전향한 것이 아니라면, 대개는 몇 안 되는 시청자만이 첫날의 방송을 봐줄 뿐이었다.

그런 의미에서 Player_SIN은 많이 예외였다.

최영준과 맞붙어서 2승 1패를 기록한 신비의 온라인 고수.

인디넷 뉴스로도 떠들썩하게 나갔고, 수만 명이 시청하던 최영준 개인방송의 시청자들이 그걸 목격했기 때문에 Player_SIN

은 인지도가 매우 높았다.

뿐만 아니라 현역 프로인지 정말 아마추어인지 모두가 궁금해했다.

한땐 이신이 아니냐는 의문도 있었지만, 최근 신족으로 전향한 모습을 보여 혼란을 가중시키고 있었다.

그 때문일까. 방송 중인 BJ 목록에 Player_SIN이 뜨자 백여 명의 시청자가 접속했다.

—Player_SIN이다!

—이게 최영준 때려잡았다는 그 온라인 고수인가요?

—때려잡았다니요? 마지막 게임은 최영준이 제대로 운영 가서 팼는데.

—마지막 운영 싸움에서도 Player_SIN 존나 잘했음. 최영준 상대로 그렇게 길게 싸울 수 있는 사람 프로 중에서도 몇 안 된다.

—진짜 누구지?

—프로는 확실할 텐데.

—모르지, 요새는 전도유망한 신인도 선수 아니라 바로 BJ를 지망하는 경우도 있어서.

—근데 이건 뭐 방송이 이래?

—ㅋㅋㅋㅋㅋ BJ가 말이 없어 ㅋㅋㅋㅋ

—닥치고 게임하는 거나 보라 이건가 ㅋㅋㅋㅋ

—BJ야, 뭐라고 말 좀 해봐라, 응?

—방송 그렇게 하는 거 아니야.

—근데 이건 누구랑 하는 거야? 잘하네 ;;;

―상대 A랭커임.

―온라인 A등급 랭커면 최소 프로 팀 연습생 수준이지.

신족 대 신족의 싸움이었다.

Player_SIN은 맵 중앙 지역을 놓고 상대와 크게 다투고 있었다.

엄청난 물량으로 거침없이 밀어붙였다.

광신도가 질주하고 거신병기가 무빙 샷을 하며 전진했다. 몇 명씩 섞인 대사제가 전격(電激) 마법을 퍼부었다.

그 와중에 Player_SIN은 대병력 무리에 암흑사제를 2명 섞어 놓는 센스를 보였다.

보이지 않는 암흑사제가 은밀하게 다가가 상대의 대사제를 암살한 것이다.

전격 마법을 사용하기 전에 대사제를 죽이자 싸움이 Player_SIN 쪽으로 기울었다.

―오오, 센스!

―암흑사제 센스!

―대사제 죽이려고 암흑사제 섞어놨네. ㄷㄷ

―서걱서걱!

―암흑사제 2명이 야금야금 상대 병력 잡아먹고 있음.

상대는 황급히 전투를 중단하고 병력을 후퇴시켰다.

Player_SIN은 이때다 싶어 거침없이 돌격했다.

엄청난 총공세.

엄청난 물량이었다.

쉬지 않고 물량이 뽑아져 나와 계속 공세의 흐름을 이어나갔다.

그리고 다시 한 번 Player_SIN의 날카로운 센스가 발휘되었다.

상대가 암흑사제에 대비해 급히 정찰선을 가져왔다.

그러자 Player_SIN은 암흑사제 2명을 각각 12시와 1시의 상대 확장 기지로 찔러 넣은 것이다.

상대의 확장 기지로 침투한 암흑사제가 자원을 캐던 신도들을 하나둘 살해하기 시작했다.

신도들이 줄어들자 자원 수급이 힘들어진 상대.

그리고 Player_SIN은 최영준을 방불케 하는 엄청난 물량으로 끝내 상대방 본진 앞마당까지 밀어버렸다.

상대는 GG를 치고 나가 버렸다.

—오오.

—이겼다!

—잘한다.

—물량 지린다.

—ㅎㄷㄷ

시청자들의 찬사가 이어졌다. 역시나 소문대로 뛰어난 실력이었다. 하물며······.

—이게 원래 인류 하던 사람 실력임?

—헐, 이게 부종이었어?

—방금 부종?

—인류 해, 새꺄!

—최영준도 발라 버린 인류 실력 놔두고 왜 신족을 하고 난리야!

—인류 해라!

—신족도 잘하네. 근데 인류 좀 보여줘.

—아니, 일단 얼굴 좀 보여줘.

—답답해, 죽겠네.

—캠 안 키냐?

시청자들의 성토가 무질서하게 쏟아졌다.

마침내 Player_SIN이 캠을 켰다.

방송 화면을 가득 채우는 온라인 신비 고수 Player_SIN의 외모가 마침내 공개되는 순간이었다.

하지만 그 외모는 시청자들의 기대와는 사뭇 다른 모습이었다.

하얀 가면을 쓴 채 빤히 캠을 응시하고 있는 남자가 보이는 것이었다.

—ㅋㅋㅋㅋㅋㅋㅋㅋㅋㅋㅋ

—ㅋㅋㅋㅋ 아놔 ㅋㅋㅋㅋ

—미치겠네 ㅋㅋㅋㅋㅋ

—뭐여, 저 가면은 ㅋㅋㅋㅋㅋㅋ

—ㅋㅋ 컨셉 존나 이상한 새끼네 ㅋㅋㅋㅋ

—가면 안 벗어?

—가면 벗으면 형이 별 쏜다.

—아니, 뭐라고 말을 좀 해봐 말을.

—방송 시작한 지 한 시간이 넘었는데 말 한마디 못 들었어.

—게임만 존나 열심히 함.

채팅창을 슥 훑어보던 Player_SIN이 마침내 입을 열었다.

"안녕하세요."

시청자들은 또다시 빵 터졌다. 음성이 변조된 목소리였기 때문이다.

—음성변조 ㅋㅋㅋ

—아주 신분 숨기려고 작정을 했네요. ㅎㅎ

—근데 집 좋아 보임.

—방 넓다.

—기럭지 존나 좋은데, 이신 아님?

—이신은 다리가 길죠. 근데 저놈은 모르겠음. 캠으로 다리가 안 보여.

—얼굴 까는 데 별 몇 개 쏘면 되겠냐?

—일굴까라 님께서 별사탕 100개를 선물하셨습니다.

―가면벗어 님께서 별사탕 99개를 선물하셨습니다.

―오오오!

―오!

―오오!

별사탕이 터지기 시작했다.

"감사합니다. 근데 가면은 안 벗습니다."

Player_SIN은 정중하게 고개를 숙여 감사를 표했다.

하지만 이번에는 시청자들이 리액션이 좋지 않다며 트집을 잡기 시작했다.

―이 색기 담백한 거 보소?

―별 받았는데 리액션이 개 담백해.

―좀 더 기뻐 날뛰어 보란 말이야.

―별 쏠 필요 없음. 이 새끼 금 수저.

―이분 전에 최영준한테 즉석에서 별사탕 3만 개 쐈던 레전설인데.

―3만 개 쏴놓고는 얼마 안 한다고 했음 ㅋㅋㅋㅋ

―ㅎㄷㄷ

―ㅋㅋㅋㅋㅋㅋ

인기 BJ의 길은 멀고도 험난해 보였다.

하지만 Player_SIN은 아랑곳하지 않고 다른 상대를 찾아 게임을 시작하는 쿨함을 보여 시청자들을 황당하게 만들었다.

—이 새끼야 리액션 하라니까?

—말을 좀 해 말을!

—시청자가 물로 보이냐?

—기본이 안 되어 있어!

—그래 갖고 별 받겠음?

—다른 별창들을 본받으란 말이야.

—BJ에게서 별에 연연하지 않는 갑의 냄새가 풍긴다. ;;;;

*　　　　　　*　　　　　　*

한편, 이신인지 아닌지 정체가 의심스러운 Player_SIN의 파프리카TV 첫 개인방송은 이신교 팬카페에서도 화제가 되었다.

특히나 대사제들 이상의 이신교 간부들은 모두들 Player_SIN의 방송을 틀어놓고 자기들끼리 채팅을 하고 있었다.

—신께서보고계셔 : 교주님! 저 BJ 아무리 봐도 신 님 아닌가요?

—이신교순교자 : 맞아! 쩍 벌어진 어깨는 이신 님인데♡

—신님께간다 : 말수도 적고 게임 잘하고…….

—신께서보고계셔 : 근데 신족 플레이 하니까 헷갈리네요.

—신님의하녀 : 그리고 신 님이 개인방송을 할 이유가 있나요? 돈 벌자고 귀찮게 그런 일 하실 분이 아닌데.

—이신교순교자 : ㅇㅇ 게임하는 것 외의 모든 일을 귀찮게 여기시죠.

대사제들의 채팅을 보며 교주 지수민은 곰곰이 생각했다.

'아냐. 롤스로이스 팬텀이나 운전사 오빠 월급이나, 지출이 많아져서 돈을 벌 생각이 드실 법도 해.'

직접 전화해서 물어보면 자신에게는 굳이 숨기지 않는 이신이었다.

하지만 얼마 전의 바쉐론 콘스탄틴 손목시계 사건으로 한동안 이신과 연락을 못 하게 된 지수민.

오른손은 스마트폰을 들고 이신의 번호를 찍고 있어도, 왼손은 그 오른손을 뜯어말리는 처지였다.

모종의 결심이 선 지수민은 대사제들에게 말했다.

—인의예지신님 : 제가 확인해 볼게요.

—신께서보고계셔 : 교주님! 어떻게요?

—신님께간다 : 방법 있어요?

—인의예지신님 : 전화를 걸어보면 되죠.^^

—신님의하녀 : 힐 ;; 교주님 요즘 신 님 전화 피하셔야 하는 거 아님?

—인의예지신님 : 방송 중에 전화 걸어봐서 BJ의 반응을 보면 되죠. 전화받으시면 바로 끊을 거임 ㅋㅋㅋㅋ

—신께서보고계셔 : ㅋㅋㅋㅋ

—신님의하녀 : ㅋㅋㅋㅋ

—이시교수교자 : 만약 이신 님 맞으면……!

—신께서보고계셔 : 흐흐, 그때 별의 폭풍이 쏟아지리라!

—신님의하녀 : 교주님께서 이신교에 이어 개인방송 팬클럽 회장까지 다 하시겠지! ㅋㅋㅋㅋ

—신님께간다 : 근데 주디는 뭐 하죠? 주디한테 물어보면 되는데.

—이신전심 : 훈련 때문에 바쁘잖아요.

지수민은 이신에게 전화를 걸었다.

눈웃음을 짓는 그녀의 눈이 Player_SIN의 개인 화면을 응시하고 있었다.

*   *   *

윙, 윙, 위잉—

오래된 구형 폴더폰이 진동했다.

이신은 흘깃 책상에 놓인 폴더폰을 바라보았지만 신경 끄고 방송, 아니, 게임에 집중했다.

그런데 폴더폰 전면 액정에 뜬 발신자 이름이 문득 뇌리에 박힌다.

'지수민?'

이신교 교주 지수민이었다.

바쉐론 콘스탄틴 손목시계 건 때문에 한동안 연락을 피하던 그녀가 하필 이런 때 전화를 건 이유가 뭘까?

'설마?'

불길한 예감이 들었다.

방송 중이었으므로 이신은 신속하게 폴더폰의 배터리를 뽑아 버렸다.

이신이 스마트폰을 안 쓴다는 사실은 유명한 이야기였다.

다행히 게임 중에는 캠을 켜지 않으므로 폴더폰을 끄는 걸 시청자는 보지 못할 터였다.

하지만 이신이 미처 생각하지 못한 사실이 하나 있었다.

그가 개인방송에 사용하는 마이크는 비싼 만큼 쓸데없이 감도도 높았다.

—ㅋㅋㅋ 전화 왔네?

—BJ야, 전화 안 받아?

—혹시 여친?

—혹시 경찰서?

—오빠, 지금 내 전화 씹은 거야?

—ㅋㅋㅋㅋㅋㅋㅋ

—전화 안 받고 배터리 뽑아버렸다. 소리 다 들림. ㅋㅋㅋ

—전 여친 전화각.

시청자는 소리로 다 듣고는 한마디씩 농담을 늘어놓았다.

그리고······.

＊　　　＊　　　＊

지수민은 흐믓하게 웃으며 스마트폰을 내려놓았다.
'신 님, 옛날 폴더폰 진동이 얼마나 요란한데요.'
아니나 다를까, 대사제들의 비밀 채팅방도 난리가 났다.

—신께서보고계셔 : ㅋㅋㅋㅋ
—이신교순교자 : ㅋㅋㅋㅋㅋ
—신님께간다 : ㅋㅋㅋㅋㅋ
—신님의하녀 : ㅎㅎㅎㅎㅎ
—이신전심 : ㅋㅋㅋㅋㅋ

웃음이 난무하는 채팅방.
그녀들은 달콤한 먹잇감을 발견한 암사자들처럼 좋아했다.

—인의예지신님 : 확인 끝~
—신께서보고계셔 : 꺅, 교주님 멋져!
—이신전심 : 신 님이 요기 있었네?
—신님의하녀 : 신께서 개인방송을 하신다! 아이, 좋아♡
—신님께간다 : 이제 돈 막 써도 신 님께 꾸중 안 듣는 건가요? 에헤♡
—이신교순교자 : ㅎㅎㅎ 새로운 즐거움이 늘었다! 아, 존안을 뵐 수 있으
면 더 좋았을걸!
—인의예지신님 : 자자, 이제부터 교통 정리! 다들 파프리카TV 아이디는
티 안 나게 만들었죠?
—이신교순교자 : ㅇㅇ

—신님께간다 : 네~!

—이신전심 : 신 님 팬이라는 티도 안 냈음!

—인의예지신님 : 그리고 신 님께서 방송하신다는 사실도 어디 가서 발설하지 말 것!

—신께서보고계셔 : 당연하죠. 신 님께서 숨기시고 싶어 하시니까 ♡

—인의예지신님 : ㅇㅋ 그럼 별사탕 충전하러 ㄱㄱㄱㄱ

—이신전심 : 고고 씽!

그리고 Player_SIN의 첫 개인방송에 폭풍이 불기 시작했다.

*   *   *

Player_SIN은 5게임 연속으로 승리를 거두면서 그 실력을 시청자들에게 각인시키고 있었다.

시청자의 숫자도 하나둘 늘어나더니 어느덧 1천 명을 돌파했다. 뉴 페이스에 대한 궁금증에 게임 방송을 애청하는 시청자들이 일시적으로 모여든 것이었다.

하지만 그렇게 잠시 모인 시청자들은 어김없이 그의 실력에 매료되었다.

빠르게 움직이는 마우스 커서.

거기에 따라 정교하게 컨트롤되는 유닛들.

그리고 무기마지한 공격성!

처음에는 정찰 간 일꾼으로 상대 일꾼을 견제.

그다음은 광신도 1기와 일꾼 1명과 함께 찔러 넣어 상대방의 일꾼을 사냥.

그다음에는 사거리 업그레이드가 된 거신병기로 공격과 후퇴를 반복하며 압박.

쉬지 않고 이어지는 공격의 연속이 시청자를 즐겁게 했다. 지루할 겨를이 조금도 없었다.

종종 별사탕을 선물하여 좋은 플레이에 대한 감탄을 대신했다.

방송을 시작하고서 받은 별사탕의 숫자가 2천이 넘어가기 시작했다.

아무런 기반 없이 무작정 시작한 초보 BJ치고는 훌륭한 성과였다. 하지만 그것은 시작에 불과했다.

6연승을 기록하며 다시 캠을 켰을 때였다.

—태어나주셔서 님께서 별사탕 1만 개를 선물하셨습니다.
—태어나주셔서 님께서 열혈 팬이 되셨습니다.

단번에 터진 1만 개의 별사탕!

현금으로 따지면 100만 원! 파프리카TV에서 떼어가는 수수료를 제외해도 큰 금액이었다.

시청자 채팅방이 난리가 났고, 그 와중에 별사탕을 쏜 징본인의 채팅 글이 올라왔다.

—태어나주셔서 : 꺅, 실수로 0 하나를 더 붙였어 ㅠㅠ

—ㅋㅋㅋㅋㅋ 실수래 ㅋㅋ

—실수로 0 하나를 더 붙여 ㅋㅋㅋ

—실수로 열혈 팬 가입 ㅋㅋ

이를 본 Player_SIN은 고개를 끄덕이며 변조된 음성으로 말했다.

"실수로 쏘신 거라면 제가 환불을……."

그 말이 채 끝나기도 전이었다.

—태어나주셔서 님께서 별사탕 1만 개를 선물하셨습니다.

—태어나주셔서 : 어익후, 또 클릭을 잘못했네? ^^

말문이 막힌 듯 침묵하는 Player_SIN. 채팅창이 웃음과 경악으로 가득 차기 시작했다.

하지만 그게 시작이었다.

—성은을입고파 님께서 별사탕 1만 개를 쏘셨습니다.

—성은을입고파 님께서 열혈 팬이 되셨습니다.

—성은을입고파 : 어휴, 나도 손이 미끄러졌다.

—헉!

—ㅆㅂ 뭐야 갑자기!

—오늘 무슨 날이냐? 왜 이래 분위기?

—요즘은 손 미끄러지면 별사탕 1만 개가 싸지냐?

갑자기 터지는 막대한 별사탕에 시청자들이 경악을 금치 못했다.

"감사합니다. 너무 무리해서 선물하시는 게 아니었으면……."

하지만 이번에도 그는 말을 잇지 못했다.

—신의여자 님께서 별사탕 10만 개를 선물하셨습니다.

—신의여자 님께서 열혈 팬이 되셨습니다.

—신의여자 : 에헷, 팬클럽 회장 자리는 내꺼!

—헉, ㅆㅂ 뭐야!

—10만 개!!

—헐, 방금 1천만 원 쏘고서 저렇게 발랄한 채팅을 날린 거냐?

—하루 만에 차 한 대 뽑겠네. ㅎㄷㄷ

—BJ야, 축하한다. 렉서스 한 대 뽑아라.

—ㅋㅋㅋ 천만 원 갖고 뭔 렉서스야.

—부럽다…….

일확천금을 얻는 모습을 실시간으로 보게 되니 시청자들은 크게 흥분했다.

하지만 아무도 몰랐다.

이것조차도 시작에 불과했다는 것을.

—그가면핣을래 님께서 별사탕 10만 개를 선물하셨습니다.

—그가면핣을래 : 지지 않겠어!

—신의여자 : 어쭈 ——?

—신의여자 님께서 별사탕 10만 개를 선물하셨습니다.

—그가면핣을래 : ㅇㅁㅇ

—그가면핣을래 님께서 별사탕 10만 개를 선물하셨습니다.

—신의여자 : ——;;

—신의여자 님께서 별사탕 10만 개를 선물하셨습니다.

—태어나주셔서 : 나도 팬클럽 회장 도전!

—태어나주셔서 님께서 별사탕 20만 개를 선물하셨습니다.

—ㅎㄷㄷ

—지금 대체 무슨 일이 벌어지고 있는 거냐?

—이러다 BJ 하루아침에 아파트 살 듯 ;;

—그만해, 이 미친놈들아!

—금수저들의 자존심 싸움인가 ;;

　　파프리카TV에서 개인방송국의 팬클럽 회장은 별사탕을 가장 많이 선물한 사람이었다. 그래서 회장 자리를 놓고 서로 경쟁을 벌이는 것이었다.

　　Player_SIN은 어안이 벙벙해졌는지 그 광경을 가만히 지켜보고만 있었다.

　　몇몇 팬이 계속 경쟁적으로 별사탕을 쏴대며 치킨레이스를 하고 있으니, 감사를 표할 틈조차 없었다.

Player_SIN은 아무 표정도 드러나지 않은 하얀 가면을 쓴 채 그 경쟁을 빤히 보더니, 급히 마이크를 잡고 말했다.

"이상하게 분위기가 과열되어 있는데, 오늘은 일단 이걸로 방송을 끝내도록 하겠습니다. 내일 밤에 다시 뵙겠습니다."

─헐 ;;;
─이렇게 별 팍팍 터지는데 끝내려고?
─진짜 BJ 태도가 갑이네.
─돈이 궁하지 않다는 태도가 팍팍 풍김 ;;
─근데 오늘 대체 별사탕이 얼마나 터진 거야 ;;

그렇게 Player_SIN의 첫 개인방송이 종료되었다.
첫날에 획득한 별사탕 숫자는 총 108만 4,821개였다.

*   *   *

─지금은 스트리밍 개인방송의 시대?
─하루 만에 1억 매출을 올린 BJ!
─일확천금의 땅, 파프리카TV!
─모두에게 열려 있는 개인방송의 시대. 신입 BJ가 하루아침에 1억 벌어
─첫 방송에 1억을 번 BJ Player_SIN, 정체는 이신?

e스포츠를 다루는 인터넷 언론들은 일제히 Player_SIN에게 주목했다. 요즘은 예전과 달리 개인방송의 스타 BJ들도 연예인 못잖게 언론의 주목을 받는다.

하물며 하루아침에 거금을 벌어들이며 심상치 않은 출발을 보인 신인 BJ가 주목받는 건 당연한 일이었다.

그것도 온라인의 유명한 신비 고수.

최영준을 2 대 1로 꺾은 일로 한 번 언론의 주목을 받았었던 그 Player_SIN이었다.

신분을 숨긴 현역 프로게이머라는 루머도 있어, 여러 가지로 언론이 기사를 쓰기 좋았다.

웬만한 1군 선수의 연봉에 해당되는 액수를 하루 만에 번 BJ!

이 이야기는 순식간에 한국 e스포츠 전체로 확산되었다.

장래에 대해 고민이 많은 프로게이머들은 다시 한 번 BJ로의 전향을 생각해 볼 수밖에 없었다.

특히나 2군 선수나 연습생들.

똑같이 스페이스 크래프트를 하는데 누구는 1억을 벌고 누구는 혹독한 훈련을 받고 있는데도 진전이 없으니 자격지심이 드는 게 당연했다.

그 때문일까.

프로리그 후반기 시즌의 시작을 불과 며칠 앞두고 팀을 떠나는 연습생들이 속출하는 사태까지 벌어졌다.

계약으로 묶여 있는 2군 선수들도 은퇴 의사를 밝혀대고 있어 각 프로 팀 관계자들은 골머리를 앓았다.

대체 Player_SIN은 누구일까?

모두가 하얀 가면 속의 정체를 궁금해했다.

물론 Player_SIN이 화제가 되면서 이신은 전보다 더 많은 의심을 받았다.

"이신 선수가 Player_SIN이라는 설이 있는데요?"

"예, 있더군요."

"혹시 신분을 숨기시고 개인방송을 하신 게 아닙니까?"

"전 계약상 시즌 중에도 개인방송을 해도 문제없습니다. 개인방송을 한다면 신분을 밝히고 하지 정체를 숨기고 할 이유가 없습니다."

"일전에 스타 BJ 박한영 씨와 화해한 뒤에 함께 다니신 모습이 한 번 노출된 적 있었는데요. 혹시 박한영 BJ에게 개인방송에 대해 배운 건 아니신지……."

"곧 시즌 시작됩니다. 그딴 짓할 여유 없습니다."

기자들이 추궁할 때마다 뻔뻔하게 반박하는 이신이었다.

연습실에 출근하니 모든 선수가 빤히 그를 바라보고 있었다.

게임으로 일확천금을 이룬 BJ가 탄생하면서, 그 정체를 가장 의심받는 이신이 오늘도 주목받는 것이었다.

"인마, 진짜 너 아냐?"

방진호 감독은 끈질겼다.

"그만 좀 하십시오."

이신은 인상을 쓰며 대꾸했다.

"아 씨, 진짜 체격도 딱 넌데."

"증거 있습니까?"

"…없지."

"그럼 그냥 말을 마십시오."

방진호 감독은 주먹을 불끈 쥔 채 부르르 떨었다. 기회만 된다면 꼭 한 대 패고 싶다는 표정이었다.

아랑곳하지 않고 이신은 자리에 앉았다.

문득 반대편을 보니 주디가 그를 빤히 보고 있었다.

"안녕."

"안녕하세요, 코치님."

주디는 이신을 보며 그저 배시시 웃고 있었다.

이신이 의아해져서 물었다.

"왜?"

"아니에요."

잠시 고개를 갸웃거렸지만 이신은 이내 신경 끄고 연습을 시작했다.

그리고 그날 밤…….

—JUDY 님께서 별사탕 100만 개를 선물하셨습니다!

—JUDY 님께서 열혈 팬이 되셨습니다.

Player_SIN의 개인방송국에 새로운 팬클럽 회장이 탄생했다.

개인방송을 시작한 지 10분 만에 1억을 벌어들인 이신이었다.

제3장

복귀전

프로리그 후반기 시즌이 시작되었다.

2020 프로리그 4라운드.

포스트 시즌에 진출할 상위 4팀을 결정짓는 마지막 라운드였다.

후반기 개인리그 또한 곧 시작되지만, 선수들에게 중요한 건 프로리그였다.

개인리그는 선수 개인의 명예지만, 프로리그는 소속된 프로 팀을 위한 것.

선수들의 연봉을 결정짓는 요소도 바로 프로리그의 성적이었다.

개인리그에서 우수한 활약을 했다 해도 프로리그에서의 승률이 좋지 않으면 높은 연봉을 받기 힘들었다.

반면에 개인리그에서는 죽을 쒀도 프로리그에서 언제나 성적이 좋아 억대 연봉을 받는 선수도 여럿 존재했다.

후반기 첫 공식전인 4라운드 1차전을 장식할 팀은 다음과 같았다.

화성전자 대 쌍성전자.

MBS 대 CT.

팬들에게 후반기 시즌의 시작을 알리기에 딱 좋은 어마어마한 매치였다.

IT 전자 라이벌인 화성전자와 쌍성전자!

화성전자에는 황병철, 쌍성전자는 최영준과 신지호 등 톱클래스의 프로게이머들이 즐비했다.

하지만 무엇보다도 주목받는 팀은 바로 MBS였다.

에이스 신지호를 잃은 MBS가 어떻게 팀을 재정비했는지도 관건이었고, 무엇보다도 이신의 첫 복귀전이었다.

리플레이 유출 사건 이후로 도리어 더욱 궁금증을 일으키고 있는 이신의 현재 실력을 확인할 수 있는 기회였다.

＊   ＊   ＊

"1세트는 주디를 내보내지."

방긴호 감독의 말에 MBS의 코치진이 고개를 끄덕이며 동의했다.

프로리그협회로부터 사전에 공문이 내려와 있었다.

그건 바로 총 여섯 세트의 경기 및 에이스 결정전에서 쓰일 맵을 미리 참가팀에게 통보해 준 것이다.

각 팀은 정해진 맵을 토대로 출전시킬 선수의 엔트리를 짜고 전략을 구상한다.

한 번 짜고 제출한 출전 명단은 고칠 수 없다.

따라서 상대 팀이 어떤 선수를 출전시켜 어떤 전략을 꺼내 들지 예측해서 신중하게 짜야 했다.

1세트 맵은 투지.

각 종족별 밸런스가 잘 맞춰진 스탠더드한 맵으로, 경험이 적고 정석 플레이에 능한 주디의 데뷔전에 딱 적합했다.

"2세트는 다울이로 가죠."

선수 겸 코치라 회의에 참여한 이신이 말했다.

2세트 맵은 은하수.

종족 간 밸런스는 다음과 같았다.

인류 대 괴물, 2 대 6으로 괴물 우세.

신족 대 괴물, 4 대 6으로 괴물 우세.

괴물에게 유리한 맵이니만큼 1차전 상대인 CT에서 괴물 플레이어를 내보낼 가능성이 높았다.

따라서 이쪽은 괴물전에 특화된 정다울을 내보내 데뷔시키자는 의견이었다.

"괜찮은데. 이 맵에서 연습 많이 했지?"

"네."

"오케이, 2세트는 정다울."

방진호 감독은 2세트 출전 칸에 정다울의 이름을 적었다.

"문제는 3세트네."

코치진이 일제히 침묵했다.

3세트 맵은 바로 오염된 성좌!

인류 대 괴물 1 대 5로 괴물 우세.

신족 대 괴물 1 대 6으로 괴물 우세.

2세트 맵 은하수보다 훨씬 괴물에게 유리한, 그야말로 괴물을 위한 맵이었다.

어떤 팀도 이 맵에 인류나 신족을 내보내지 않으므로, 오염된 성좌는 대부분이 괴물 대 괴물전이었다.

그렇다면 MBS도 1군 선수 중에 괴물 플레이어를 내보내면 되는 일.

하지만 문제는 CT의 간판 에이스가 바로 괴물 플레이어라는 점이었다.

이철한.

올해 19세의 밀 딸한 선수료, 은해 전반기 개인리그와 작년 후반기 개인리그에서 연속으로 4강 진출을 했던 강자였다.

국내 최강이 박영호, 최영준, 황병철 등이라면, 그 바로 아래 클래스로 신지호와 함께 거론되는 것이 바로 이철한이었다.

기복이 없기 때문에 신지호보다 더 높게 평가되는 경우도 있었다.

"보나마나 이철한이 나오겠지."

"그렇겠지요?"

"그러면 확실하게 1승을 굳힐 수 있으니까요."

괴물 맵 오염된 성좌에서 이철한이 나오면 최영준도 이기기 힘들었다.

"어쩌면 이 맵에 다른 괴물 선수가 나오고, 이철한은 2세트에 나오지 않을까요?"

한 코치가 이의를 제기했다.

방진호 감독은 고개를 저었다.

"아닐 거야. 우리 팀도 괴물 라인업이 나쁘지 않아. 게다가 이신도 복귀하고. 다른 맵에 이철한 내보냈다가 이신이랑 맞닥뜨려 버리면 큰일이잖아? 그 점을 염려해서 CT는 확실하게 1승을 딸 수 있는 3세트에 이철한을 출전시킨다."

"음, 확실히 그도 그러네요."

"은하수에서 인류 대 괴물 2 대 6에서 바로 그 2승을 올린 장본인이 이신이고요. 무서워서 은하수에 이철한 안 내보내죠."

다승제로 진행되는 경기는 한 선수만 잘한다고 이길 수 있는 게 아니다.

출전하는 6명의 선수 중 4명이 이겨줘야 하고, 하다못해 최소 3승이라도 해야 패배하지 않는다.

그런 다승제 경기에서 반드시 1승을 해줘야 할 팀의 에이스가 패배하면, 그건 2패나 다름없는 타격이었다.

"3세트는 버려."

"예."

"그래야죠."

코치들도 동의했다.

그런데 그때였다.

이신이 나직이 말했다.

"제가 나가겠습니다."

"뭐?"

방진호 감독이 깜짝 놀라 바라보았다.

"제가 3세트 합니다."

"오염된 성좌에서 이철한이랑 붙겠다고?"

"예."

"객기 부리지 마 인마. 넌 우리 팀의 필승카드야. 확실하게 1승 따야 돼."

"3세트에서 이철한 이기면 2승이나 다름없는 효과입니다."

"……."

"주디나 정다울이나 경험이 미숙해서 불안합니다. 거기다가 3세트까지 버리면 집니다."

"그러니까 주디랑 정다울이 이서줘야지."

"첫 데뷔 무대라 긴장해서 실력 발휘를 못 할 수도 있죠. 그래 서 제가 3세트에 출전하겠다는 겁니다."

이철한을 이긴다면 2승이나 다름없는 효과였다.

CT는 오염된 성좌에서 이철한이 패배하리라고는 생각지도 못 한 터라 더욱 혼란해질 테고 사기도 떨어지리라.

불안한 자신의 두 제자, 주디와 정다울을 자신이 캐어하겠다는 이신의 의지였다.

"넌 네 첫 복귀전인데 패배하면 어쩔 거야?"

"이철한에게 져 본 적 없습니다."

"거 참, 전략은 있고?"

"있습니다."

"…그럼 믿어본다."

방진호 감독은 3세트 출전 칸에 이신의 이름을 적었다.

그 밖에도 4세트부터 6세트까지는 박신, 최찬영, 김영표 등이 출전하기로 했다.

*　　　　*　　　　*

티켓은 순식간에 동나 버렸다.

출전 선수인 이신도 간신히 5장을 구할 수 있었다.

그 5장은 운전사 정상범을 통해 지수민에게 전달했고, 지수민은 이신교의 광신도 5인을 추첨해 선물했다. 그 와중에 그녀는 SNS로 이신을 응원하는 이벤트까지 여는 수완을 보였다.

4R 1차전 당일.

수많은 인파가 강남 e스포츠 상설 경기장으로 모여들기 시작했다.

입장을 기다리는 관객들이 길게 줄을 섰다.

그때, 승합차 한 대가 경기장 안에 세워졌다.

승합차 차체에 MBS팀의 이름과 로고가 새겨져 있어 팬들이 대번에 모여들었다.

"MBS다!"

"꺄악!"

"이신 오빠도 저기 있지?"

"신 오빠!"

"주디 짱!"

우글거리며 승합차를 둘러싼 인파.

먼저 내린 방진호 감독과 코치들이 양해를 구하며 길을 열었다. 그리고 선수들이 하나둘씩 내렸다.

흑발의 예쁜 외국인 미소녀가 내리자 소란이 더 커졌다.

주디는 방긋 웃으며 손을 흔들어 보였고, 남자들의 함성이 더 커졌다.

신의 제자로 유명세를 탄 주디는 그새 팬이 생긴 것이었다.

"그런데 이신 어디 있어?"

"신 오빠 어디야?"

팬들이 의아함을 느꼈다. 승합차에서 이신이 안 내렸기 때문이다.

그 이유는 곧 밝혀졌다.

"어? 저 차다!"

"우와, 씨발. 롤스로이스다!"

푸른색의 롤스로이스 팬텀이 소리 없이 스르륵 다가와 주차장에 선 것이다.

MBS 승합차에 낚인 팬들이 몰려오기도 전에, 차에서 내린 이신이 재빨리 건물 안으로 들어가 버렸다.

　이윽고 CT와 화성전자, 쌍성전자 선수들도 도착하면서 후반기 개막의 분위기가 점점 무르익었다.

*　　　　　*　　　　　*

　"제기랄."

　스태프로부터 대진표를 받은 CT의 박찬성 감독은 욕지거리를 내뱉었다.

　코치들도 대진표를 함께 보며 신음했다.

　그들이 주목한 것은 바로 이 부분이었다.

　1차전 2경기, MBS 대 CT.

　3세트(오염된 성좌) : 이신 대 이철한.

　"이신이랑 철한이가……."

　"이거 완전히 노리고 나왔는데요."

　괴물에게 유리한 맵인 오염된 성좌다. 이곳에서 팀의 에이스인 이철한이 패배할 리 없다고 판단했다.

　상대도 당연히 괴물 플레이어를 내보낼 테지만, 괴물 대 괴물 전에서 이철한을 이길 수 있는 선수가 MBS에는 없었다.

　…라고 생각했는데 완전히 허를 찔렸다.

　이신!

상대가 그 이신이면 이야기가 사뭇 달라진다.

신이라 불린 e스포츠의 레전드가 대놓고 이철한을 노리고 출전했다.

MBS가 3세트를 버리려 했다면 이신을 내보낼 턱이 없지 않은가.

'분명히 이길 생각으로 나온 걸 텐데.'

박찬성 감독이 고민에 휩싸여 있을 때, 한 코치가 말했다.

"감독님, 너무 신경 쓰지 말죠. 아무리 이신이라도 맵의 상성이 있습니다. 초반 치즈러시만 조심하고 무난하게 운영하면 철한이가 이깁니다."

"…그렇겠지? 철한이 불러봐."

"예."

잠시 후, 이철한이 박찬성 감독 앞에 불려왔다.

"네 상대 이신이다."

"예? 신이 형이요?"

평범한 체구에 아직 앳된 얼굴을 한 이철한은 그 말에 화들짝 놀랐다.

"대놓고 널 노리고 나온 모양인데, 자신 있지?"

"아, 예. 그래 봤자 인류잖아요. 기껏해야 깜짝 치즈러시 말고는 오염된 성좌에서 저를 이길 수 있는 방법은 없죠."

"그래, 그거야. 기습적으로 승부수를 걸어올지도 모르니까 정찰 일찍 하고, 연습하던 대로 해. 그래도 컨트롤은 장난이 아니니까 조심하고."

"예!"

"그래. 꼭 이겨라. 신이고 뭐고 복귀 첫 게임부터 망신살 줘버리자. 너만 이기면 우리 팀이 확실히 이긴다."

박찬성 감독은 이철한을 격려했다.

아무렇지 않게 대답한 이철한이었지만, 마음속에 한 가지 불안이 남았는지 표정은 썩 유쾌하지 않았다.

예전에도 당연히 각 종족마다 유리한 맵이 있었다.

하지만 그런 상성이 이신에게도 전부 적용되었더라면, 그가 신이라 불리지도 않았을 것이다.

프로리그 승률 90%란, 어느 맵에서 어떤 종족을 만나든 거의 무조건 이겼기 때문에 거둘 수 있는 성적이었다.

'전략적인 플레이도 많이 하는 사람이니까 조심해야겠다.'

이철한도 파프리카TV BJ 박한영이 유출시킨 이신의 리플레이를 본 적이 있었다.

MBS 1군 전원 올킬!

이신의 실력은 건재했다.

하지만 이철한 또한 그가 없는 1년 사이에 꾸준히 성장해 팀의 에이스로 자리매김하였다.

'지고 싶지 않아. 예전의 내가 아니란 걸 보여줄 거야.'

올해 19세, 고등학교 3학년인 이철한은 6살 연상의 까마득한 선배를 떠올리며 전의를 불태웠다.

*　　　　*　　　　*

MBS와 CT가 대기실에서 마음의 각오를 하고 있는 동안, 경기장은 이미 1차전 1경기, 화성전자 대 쌍성전자의 라이벌 매치가 시작되었다.

화성전차 소속의 황병철은 팀 벤치에서 경기를 관전하다가 잠시 감독의 허락을 받고 복도로 빠져나왔다.

'휴우, 미치겠네.'

오늘 4세트에 출전하기로 한 황병철은 초조함에 목이 바싹 탔다.

그날의 사건 이후로, 공식전 경기에 출전하기만 하면 극도로 긴장을 하게 되었다. 올해 들어 계속 부진했고 안 좋은 여론에 휩싸였기에 더욱 그랬다.

'그나마 요즘은 그놈한테서 연락이 안 오니 다행이네.'

요즘은 돈을 요구하는 장민재의 전화가 없어서 그나마 살 만했다.

황병철은 마른 목부터 축이기 위해 음료 자판기로 향했다.

그리고 음료 자판기 앞에서 의외의 인물을 발견했다.

'이신?!'

황병철은 이신을 본 순간 심장이 멎을 것 같은 기분을 느꼈다.

떨리는 마음을 진정시키러 나왔는데 하필이면 가장 자신을 심란하게 만드는 인간을 만나 버린 것이었다.

음료 자판기 앞에 서성거리는데 정작 음료는 뽑지 않고 있던 이신.

그런 그는 황병철을 보자 오른손을 흔들어 보였다.

"오랜만."

"…어."

23세의 황병철.

2살 차이가 나는 이신과는 여러 번 안면을 터서 말을 놓고 형동생 하는 사이였다. 물론 라이벌 구도가 되면서 많이 서먹서먹해졌지만 말이다.

"난 포카리."

"……."

당연하다는 듯이 음료를 뽑아 달라고 요구하는 이신.

잠시 황당함을 느꼈지만, 황병철은 침착하게 포카리 2개를 뽑았다.

'에이 쌍, 나까지 포카리 뽑았네.'

침착할 수가 없는 황병철이었다.

알은척을 해도 하필이면 오른손을 흔든단 말인가. 그의 오른쪽 손목이 신경 쓰여서 미칠 지경이었다.

"요즘 자판기는 5만 원짜리 안 들어가나?"

음료를 받으며 중얼거리는 이신.

'들어갈 턱이 있나!'

그의 일거수일투족에 괜히 화가 치민다.

그럴 수밖에 없었다.

―이신, 황병철 선수 관련 음모설에 대해 "그 정도로 맛 가

진 않았을 것"
　—이신, 황병철에 직격탄 "맛이 갔다"

　인터뷰에서 서슴없이 말을 내뱉는 통에, 황병철은 인터넷 커뮤니티에서 '맛 간 괴물'이란 별명이 붙어버렸다.

　가뜩이나 장민재 때문에 골머리 썩을 때 그런 기사까지 보니 분노가 안 치미겠는가.

　'뚫린 입이라고 하고 싶은 얘기가 막 나와서 좋겠다! 아주 스트레스 쌓일 틈도 없겠네.'

　어색한 분위기 속에서 두 사람은 음료를 뜯어 마셨다.

　이신은 황병철을 빤히 응시했다.

　황병철은 그의 시선이 매우 부담스러웠다.

　이신이 입을 열었다.

　"넌 쫄면 성급해지더라."

　아무 맥락 없이 나온 뜬금없는 이야기.

　하지만 황병철은 가슴이 철렁했다.

　그는 4세트에서 서두게 된 신지효를 상대로 5벌레 빌드를 쓰려고 마음먹고 있었다.

　어떻게 알았는지 이신은 초반에 황급히 승부를 내려던 황병철의 심리 상태를 꿰뚫고 있었다.

　"잘해봐."

　이신은 빈 캔을 버리고 훌쩍 떠나 버렸다.

　홀로 남겨진 황병철은 멍하니 중얼거렸다.

"내가 쫄았다고?"

이신의 눈에 자신이 지금 겁먹은 것처럼 보인다는 뜻 아닌가?

*   *   *

1차전 1경기는 쌍성전자의 신승(辛勝)으로 돌아갔다.

화성전자는 부진에 빠져 있던 황병철이 4세트에서 신지호를 잡아내면서 살아나는가 싶었다.

하지만 3 대 3 동점 스코어가 되면서 에이스 결정전을 치러야 했고, 화성전자의 에이스로 나선 황병철은 쌍성전자의 최영준에게 패배했다.

지난번 개인리그 4강전에서 최영준에게 당했던 0승 3패의 굴욕을 끝내 갚아주지 못한 것이다.

이로서 황병철은 쌍영보다 처진다는 이미지가 굳어졌다.

그리고…….

─여러분, 오래 기다리셨습니다! 마침내 많은 분이 기다리셨던 MBS 대 CT의 경기가 시작됩니다!

경기장을 가득 채운 관객들이 열렬히 환호했다.

─오늘 출전할 양 팀 선수들이 입장합니다! 무대 위로 올라와 주세요!

그러자 오늘 출전하는 양 팀 선수 5인이 줄줄이 무대 위로 입장했다.

주디, 정다울에 이어 이신이 입장하자 함성 소리가 쩌렁쩌렁하게 울려 퍼졌다.

―이야, 반가운 얼굴이 보이네요! 이신 선수, 오랜만입니다!

캐스터 이병철이 이신에게 다가왔다. 이신은 마이크를 받아 들고 고개를 끄덕였다.

"예."

짧은 대답.

관객들이 웃음을 터뜨렸다.

캐스터 이병철도 웃으며 말했다.

―아니, 뭐 전에도 뵈었었다, 건강해 보이신다, 뭐 이런 말은 없습니까?

"예."

웃음이 더 커졌다.

―예, 예, 제가 바랄 걸 바라야죠. 그보다 전에는 예언 해설로 유명세를 타셨는데, 오늘도 한 번 예언을 해보시죠. 오늘 몇 대 몇으로 누가 이길 것 같습니까?

이신은 잠시 생각하더니 말했다.

"3 대 3에 에이스 결승전이니, 4 대 2로 우리가 이길 것 같습니다."

"오오오!"

"와아아아!"

이신의 팬들과 MBS의 팬들이 환호성을 질렀다.

―…라고 하는데 CT 쪽은 생각이 어떻습니까?

그러면서 캐스터 이병철은 이철한에게로 마이크를 건넸다.

이철한이 말했다.

"이신 선수가 오늘 저를 노리고 3세트에 나오신 모양인데, 만용의 결과가 무엇인지 보여드리도록 하겠습니다. 전에 3라운드 플레이오프 결승 때도 우리가 이겼고, MBS 정도는 5 대 1로 저희가 이깁니다."

"오오오!"

이번에는 CT 측 팬들이 환호하였다. 이신과 달리 대부분이 남자였다.

―라고 하는데 이신 선수는 이에 대해 어떻게 생각하십니까?

마치 이간질로 싸움을 붙이듯이 양측 사이를 오가는 캐스터 이병철.

이신이 말했다.

"한창 사춘기인 나이라 그런지, 못 본 사이에 많이 무모해진 것 같습니다."

"와하하핫!"

관객석이 웃음바다가 되었다. 이철한도 얼굴을 붉히며 피식피식 웃었다.

그렇게 한 선수씩 인터뷰를 하다가 주디에게로 이어졌다.

"레벨린 선수는 오늘 첫 출전인데, 자기소개 좀 부탁드립니다."

주디는 마이크를 받아 들고 깜빡깜빡 큰 눈으로 관객들을 바라본다.

"안녕하세요, 주디예요. 캐나다이고, 인류예요."

대형 스크린에 가득 잡힌 주디의 귀여운 모습에 경기장의 남성들이 훈훈한 박수를 쳐 주었다.

—예, 캐나다에서 온 인류라고 하는군요.

캐스터 이병철의 말에 또다시 터지는 웃음.

—주디 선수, 신의 제자라고 알려져 있는데 사실입니까?

"네⋯⋯."

—이신 선수와 스승과 제자로 지내면서 둘 사이가 많이 가까워지고 그런 게 있을 것 같은데요? 그렇지 않습니까?

캐스터 이병철이 은근히 물으며 장난을 쳤다.

말뜻을 잘못 이해한 주디는 눈을 끔뻑거리더니 고개를 끄덕였다.

"네, 바로 옆자리예요."

—아, 예, 정말 가까운 사이가 됐네요. 축하드립니다.

또다시 웃음을 선사하며 선수들 인터뷰를 마무리 짓는 캐스터 이병철이었다.

선수들은 무대 양옆에 있는 각 팀의 벤치로 돌아가고, 마침내 경기가 시작되었다.

첫 출선은 바로 주니.

상대는 신족 플레이어 박진수.

바로 지난번 3라운드 플레이오프 결승에서 도박성 전략으로 3킬을 기록했던 그 노장이었다.

첫 데뷔하는 신인 주디와 전략에 능한 노장.

상대가 좋지 않았다.

"너한테 센터 참회실을 할 수도 있어. 만약 그게 확인되면 당황하지 말고 내 말대로 해."

그러면서 이어지는 이신의 작전 설명을 주디는 열심히 머릿속에 새겨 넣었다.

마침내 경기 시작 직전이 되었다.

주디는 스태프에게 불려가 무대 위에 설치된 방음부스 안에 들어갔다.

이신은 방진호 감독 및 다른 팀원들과 함께 팀 벤치에 설치된 PC로 게임을 관전했다.

─이신이 코치로서 키운 첫 선수입니다! 신의 제자라고 최근에 소문이 꽤 많이 났죠? 주디스 레벨린입니다!

─스승의 명예를 지키려면 오늘 경기에서 좋은 모습 보여줘야죠.

─예, 그렇습니다! 캐나다에서 이곳까지, 만리타국에서 이렇게 무대에 선 것 자체도 부담이거든요! 하물며 신의 제자라는 타이틀에 걸맞은 활약까지 보여야 하니 여러 가지로 긴장이 될 겁니다! 하지만 훈련량은 배신을 하지 않죠. 침착하게 잘한다면 평소 연습하던 실력이 나올 겁니다.

─그렇죠. 일반적으로 선수들이 많이 하는 얘기가, 딱 연습했던 만큼만 발휘했으면 좋겠다고 하거든요. 그만큼 저 무대에서 제 실력을 온전히 발휘하기란 쉽지 않고, 특히 첫 데뷔인 신인으로서는 더욱……!

해설자와 캐스터의 서론이 끝나고 마침내 경기가 시작되었다.

주디스 레벨린 대 박진수.

맵은 투지였다.

혹시나 했는데 예상대로 박진수는 센터 참회실을 시도했다.

맵 중앙에 참회실을 건설해 광신도를 뽑기 시작한 것.

한편, 정찰을 간 신도는 주디의 본진 안 광산에 광물정제소(광산에서 광물 자원을 채집하는 신족의 건물)를 건설해 버렸다.

—아아, 박진수! 광산 테러를 감행하면서 센터 참회실! 지난번에 MBS 상대로 재미 봤던 초반 승부수를 다시 한 번 띄웁니다!

광산 테러는 상대의 광산에 먼저 건물을 지어버리는 것.

즉, 상대가 광물을 채집하지 못하게 방해하는 전략이었다.

이는 광신도의 천적인 고속전차를 뽑지 못하게 지연시키려는 의도였다.

—상대가 신인이다 보니까 이런 돌발 시의 대응에 약할 거라는 계산이 섰던 거죠.

—하지만 상대가 이신 선수였다면 이런 건 턱도 없는 짓이었을 텐데요. 그 제자인 주디 선수를 상대로 이런 승부수!

—하하, 이신 선수는 컨트롤이 워낙 좋으니까요. 주디 선수가 컨트롤까지 제대로 배웠는지는 모르겠습니다. 여성이다 보니까 아무래도 손이 느리고 컨트롤도 약할 수 있거든요.

참회실에서 광신도가 달려오기 시작했다.

주디 또한 병영에서 보병이 생산되었다.

하지만 강력한 광신도를 상대하려면 보병 1명으로는 무리였다

주디는 건설로봇까지 동원했다.

―자, 광신도가 왔습니다! 신도와 함께 본진에서 활개를 치기 시작하는데, 주디 선수 역시 침착하게 대응하고 있어요! 그런데, 아! 1기, 2기! 건설로봇이 계속 잡힙니다!

　―역시 박진수 선수입니다. 이런 싸움에서 컨트롤에 능하죠.

　광신도를 막으랴, 광산에 건설된 광물정제소를 부수랴, 주디는 정신이 없었다.

　하지만 침착했다.

　우왕좌왕하지 않고 꼼꼼하게 자신이 해야 할 플레이를 꼼꼼하게 해나갔다.

　그리고…….

　―오!

　―2병영!

　주디는 건설로봇 1기를 몰래 빼돌려 앞마당 바깥쪽 구석에 병영을 하나 더 건설했다.

　이신에게 귀띔 받은 대응책이었다.

　박진수는 계속해서 광신도를 보내 주디를 괴롭혔다.

　―아, 박진수 선수 집요한데요! 하지만 상대의 보병 숫자가 저게 다가 아니라는 걸 알아야 하는데요?

　하지만 주디는 병영 2개에서 생산한 다수의 보병으로 막아내는 데 성공했다.

　병영이 2개인 줄을 몰랐던 박진수는 갑자기 후방에서 나타난 보병들에게 광신도를 잃고 말았니.

　다음은 주디의 반격이었다.

기갑정거장에서 기동포탑이 생산되고 포탑모드 개발까지 완료되자, 주디는 진군에 나섰다.

보병 12명과 건설로봇 2기, 기동포탑 4기가 일제히 전진!

진군을 들키지 않도록, 맵 중앙에 있는 박진수의 참회실을 피해 우회하는 용의주도함까지 보였다.

단숨에 박진수의 진영에 들이닥쳐 앞마당을 급습했다.

박진수는 거신병기 4기와 광신도 3명으로 반격했다.

하지만 학익진 형태로 띄엄띄엄 배치된 기동포탑이 일제히 포격하여 병력을 녹여 버렸다.

박진수는 GG를 선언했다.

―박진수 선수 GG!

―당황하지 않고 2병영으로 빌드를 전환하는 판단이 너무나 좋았어요!

부스에서 나온 주디는 좋아서 팔짝거리며 MBS 선수들과 하이파이브를 했다.

이신도 예의상 하이파이브를 하기 위해 손을 내밀었다.

그런데 주디는 그의 손을 무시하고는 그대로 와락 품에 뛰어들었다.

품에 안긴 주디와 당혹한 이신의 얼굴이 대형 스크린에 그대로 나오면서 관객들은 비명과 환호와 웃음으로 경기장을 가득 채웠다.

그런 해프닝이 있고 난 후에 2세트에서는 정나울이 출석했다.

하지만 정다울은 주디와 달리 긴장으로 인해 제대로 실력 발휘를 하지 못했다.

손이 떨리는지 계속 컨트롤 미스가 나와 아쉬움을 연출했다.

그렇게 정다울이 패배하면서 스코어는 1 대 1.

'내 차례군.'

이신이 게이밍 백팩을 매고 자리에서 일어섰다.

괴물 종족의 승패는 4광산에 달렸다.

광산 4군데에서 광물을 채집해야 괴물 특유의 엄청난 물량을 낼 수 있다.

이는 게임의 설정상 괴물이 광물질(鑛物質)을 섭취하며 사는 종족이라는 것과 무관하지 않다.

그런 의미에서 오염된 성좌는 완벽한 괴물 맵이었다.

본진을 중심으로 앞마당과 뒷마당이 함께 있고, 본진·앞마당·뒷마당에 모두 광산이 있었다.

게다가 맵의 구조도 복잡하다.

서로에게 이르는 길이 구불구불해 공격 시 이동 거리가 멀다.

괴물로서는 공격을 받는 걱정을 덜고 앞마당과 뒷마당에 확장 기지를 세울 수 있는 것이다.

걷잡을 수 없이 확장한 괴물을 상대해야 하므로 인류나 신족의 입장에서는 이 맵을 피할 수밖에 없었다.

하물며 이철한은 CT의 에이스!

괴물 종족의 비행 유닛인 쐐기충을 굉장히 잘 다루기로 유명했다.

지형 구조가 복잡한 오염된 성좌에서 자유자재로 날아다니는 쐐기충은 공중 공격과 지상 공격 모두 공격력이 균일해서 매우 활용도가 높았다.

―마침내 그가 돌아왔습니다! 게임의 신, 이신! 숱한 전설을 뒤로하고 비극과 함께 사라져야 했던 이신 선수가 마침내 모든 역경을 딛고 이렇게 무대에 나타났습니다!

"와아아아아!!"

―개인리그 우승횟수, 프로리그 우승횟수, 시즌 MVP 횟수, 승률, 연승기록 등등 가리지 않고 전 분야에서 깨지지 않는 레코드를 남긴 이신 선수의 복귀전입니다! 정말 기념비적인 이 경기를 중계할 수 있어서 너무나 행복합니다!

"꺄아아아아악!"

"이신 오빠―!!"

캐스터와 해설위원의 말에 관객들이 들끓었다.

대형 화면에 키보드와 마우스를 세팅하는 이신의 모습이 나타나자 소리는 더더욱 커졌다.

응원문구가 새겨진 플래카드를 치켜들고 소리를 지르는 팬들!

심지어 가장 앞자리 VIP석에는 열심히 기도를 하고 있는 8명의 여성까지 있었는데, 그중 한 사람은 올도어 부사장 지수민이었다.

―하지만 바로 이 선수! 이 선수도 보통 선수가 아닙니다!

대형 화면에 미친기지로 진용 정비글 세닝하는 이설한이 보였다.

—CT의 에이스로 언제나 실망시키지 않고 꾸준히 활약해 온 이철한 선수입니다. 특히나 오염된 성좌에서는 지금껏 패배한 적이 딱 한 번 있는데, 그게 박영호 선수에게 진 거죠?

—그렇습니다! 같은 괴물인 쌍영의 박영호 말고는 이 맵에서 이철한 선수를 아무도 못 이겼다는 뜻이에요!

—과연 이 오염된 성좌에서 과연 이신 선수가 이철한 선수를 상대로 복귀를 승리로 장식할 수 있을지, 과연 어떤 준비를 했기에 기꺼이 이철한 선수를 노리고 이 맵에 출전했는지 기대됩니다!

—예, 두 선수 모두 준비가 끝난 것 같습니다. 자, 그럼 3세트 경기 시작하겠습니다!

경기 시작을 알리는 카운트다운이 0을 향해 내려갔다.

—Kaiser : GG.

—HAN : Good Luck.

서로에게 인사를 건네며 게임이 시작되었다.

시작하자마자 이신은 빠르게 건설로봇 4기를 나눠 식량 자원을 채집하게 했다.

통제사령부에서 계속 건설로봇을 생산하며 식량 자원을 채집을 시켰다.

8번째 건설로봇으로 군량고를.

10번째 건설로봇으로 병영을 건설했다.

식량100이 모이자 식량 자원을 캐던 건설로봇으로 광산에 제철소 건설을 명했다.

8번째 건설로봇이 군량고를 완성하자 곧장 정찰을 보낸다.

제철소에 건설로봇 3기를 붙여 광물을 캐며 완공된 병영에서 보병을 1명만 생산했다.

─이신 선수, 앞마당을 안 가져가고 테크 트리를 올리는 데 열중합니다.

─저건 2항공 빌드를 쓰려는 모양입니다. 빠르게 스텔스 전투기를 뽑아서 괴물에게 타격을 줄 생각인가 봅니다.

해설위원 정승태의 말에 캐스터 이병철도 고개를 끄덕였다.

─아, 그러네요. 이신 선수의 역대 게임을 살펴보면 2항공 써서 수많은 괴물을 물리친 바 있었지요?

─그렇습니다. 아무래도 오염된 성좌처럼 보병·의무병 병력을 쓰기 힘든 맵에서는 저 빌드를 즐겨 쓰지요. 극도로 정교한 스텔스 전투기 컨트롤이 기반이 되어야 소화할 수 있는 빌드인데, 이신 선수는 그게 가능합니다!

─이신 선수가 은퇴한 뒤로는 보기 힘든 빌드였는데 오랜만에 봅니다!

─이제는 자주 볼 수 있겠죠.

─하하하!

중계진의 해설대로 이신은 기갑정거장 건설 후 바로 항공정거장 2개를 한꺼번에 짓기 시작했다.

정찰을 보냈던 건설로봇이 상대, 이철한의 진영을 보여주었다.

앞마당 확장 기지를 가져간 이철한은 점막둥지를 짓고 있었다.

점막둥지가 완성되면 쐐기충이나 폭탄충 등 비행 유닛을 생산할 수 있게 된다.

'역시 쐐기충이겠지.'

이신은 그렇게 판단했다.

지상 지형이 복잡한 오염된 성좌는 날아다니는 쐐기충을 사용하기가 매우 용이하니까.

하지만 그거야말로 이신이 바라던 바였다.

스텔스 전투기 2기가 생산되자 곧바로 이철한의 진영을 향해 출발했다.

─드디어 출발합니다!

─일단은 정찰부터 하겠죠?

스텔스 전투기 2기는 일단 이철한의 진영을 쭉 둘러보았다.

예상대로 이철한은 쐐기충 생산을 준비하고 있었다.

본진과 앞마당에서 자원을 캐고 있었으므로, 자원 채집이 본진에서만 이루어지고 있는 이신보다 자원상 우위에 섰다.

이를 만회하기 위해 지금부터 이신은 이철한에게 피해를 줘야 했다.

정찰을 마친 스텔스 전투기 2기가 일벌레를 사냥하기 시작했다.

1마리, 2마리…….

공대지 공격이 약한 스텔스 전투기였지만 2기가 함께 공격하니 3방에 1마리씩 잡을 수 있었다.

그렇게 일벌레 4마리를 잡았을 때였다.

—아, 이제 폭탄충이 생산됐습니다.

—이제 스텔스 전투기는 도망가야죠.

—자원 격차가 나기 때문에 4마리 갖고는 부족한데요.

폭탄충 4마리가 일제히 스텔스 전투기를 향해 날아들었다.

폭탄충은 작은 날벌레로, 적과 함께 자폭하여 큰 피해를 입히는 유닛이었다.

그 순간, 이신의 컨트롤이 발휘되었다.

퍼엉!

일점사로 1마리를 죽이고, 도망가다가 다시 터닝 샷을 하며 1마리를 더 격추했다.

퍼엉! 펑! 펑!

연속 터닝 샷이 작렬하며 폭탄충 4마리가 모조리 격추당했다.

—와아아! 이신 선수 컨트롤!

—폭탄충 4마리를 썼는데 1기도 못 떨궜어요!

—이러면 이신 선수는 계속 일꾼 사냥을 할 수 있죠!

이신의 스텔스 전투기는 조금의 피해도 없을뿐더러, 새로 생산된 전투기까지 추가되어서 총 4기가 되었다.

스텔스 전투기 4기가 한 덩어리로 뭉쳐서 다니며 일벌레를 한 마리씩 죽이고 다녔다.

날아다니는 하늘 고주도 보이는 속속 격추했다.

이철한은 특단의 조치를 취했다.

폭탄충 6마리와 쐐기충 2마리가 생산된 것이다.

폭탄충과 쐐기충 무리가 편대를 형성해 일제히 공격해 왔다.

퍼엉! 펑!

그 와중에 이신은 2연속 터닝 샷으로 폭탄충 2마리를 격추시키며 도망쳤다.

엄청난 공중 곡예!

이신의 컨트롤이 작렬할 때마다 환호와 비명이 경기장을 쩌렁쩌렁하게 뒤흔들었다.

퍼엉!

또다시 터닝 샷! 이어서 방향을 틀어서 다시 좁혀지던 거리를 벌렸다.

독이 올랐는지 이철한은 끈질기게 추격해 왔다.

스텔스 전투기만 격추되면 끝이었다.

이신의 2항공 빌드는 그런 취약점이 있었기에 아무나 구사할 수 없는 것이었다.

새롭게 생산된 폭탄충도 다른 방향에서 추격해 오면서, 이신의 스텔스 전투기에 대해 넓은 포위망이 형성되었다.

하지만 바로 그때였다.

스르륵―

하는 소리와 함께 스텔스 전투기들이 시야에서 사라졌다.

스텔스 모드 개발이 완료된 것!

스텔스 모드로 보이지 않게 된 스텔스 전투기들은 더 이상 타깃이 되지 않았다.

이철한은 즉시 폭탄충과 쐐기충 무리를 후퇴시키며, 하늘 군주들을 넓게 펼쳤다. 스텔스 모드로 숨은 전투기들은 하늘 군주밖에 볼 수 없었기 때문이다.

하지만 반대편에서 스텔스 전투기 2기가 다가왔다.

새롭게 생산된 것들이었다.

쫘아악! 쫘악—!

새로 나타난 2기가 하늘 군주를 하나씩 사냥하기 시작했다.

급히 쐐기충들과 폭탄충들이 하늘군주들을 구하러 갔고, 이에 후퇴한 스텔스 전투기 2기는 다른 4기와 합류했다.

—아, 이철한 선수 괴롭습니다! 폭탄충 뽑으랴 죽은 일꾼 충원하랴 여유가 없으니까 아직도 뒷마당 확장 기지도 가져가지 못했어요!

—이신 선수도 마찬가집니다. 당하는 입장이라 스트레스 받는 이철한 선수입니다만, 이신 선수도 지금 본진에서밖에 자원을 못 캐고 있거든요. 상황은 동등합니다. 공중전에서 누가 이기느냐에 달렸어요!

—아, 종이비행기처럼 약한 스텔스 전투기가 이신 선수의 손에서 컨트롤되니 저렇게 무서워지네요.

이신은 계속해서 스텔스 전투기로 게릴라를 펼치며 하늘군주나 폭탄충을 한두 마리씩 잡고 빠졌다.

스텔스 전투기가 계속 모여서 12기가 되었다.

그런 이중에 병영을 추가 선설하고 병력을 생산해 보병 12명과 의무병 4명이 모였다.

보병과 의무병이 진군했다.

스텔스 전투기 편대가 공중에서 호위하며 함께 움직였다.

이신의 병력은 순식간에 이철한의 앞마당 앞까지 당도해 압박을 개시했다.

동시에 앞마당 확장 기지를 비로소 가져가는 이신이었다.

이제는 이철한이 이신을 가만히 방치해서는 안 되는 상황.

어서 압박을 뚫고 뒷마당 확장 기지를 가져가는 한편, 이신의 앞마당 확장을 방해해야 했다.

일단은 촉수탑을 5개나 건설해 방어를 해둔 이철한이었지만, 계속 시간을 줬다가 기동포탑까지 오면 더욱 불리해지는 셈이었다.

하지만 바로 그때였다.

―어어어!

―이신 선수가 먼저 움직입니다!

이신의 스텔스 전투기가 과감하게 본진 안으로 파고들었다.

스텔스 모드를 한 채 기습적으로 파고든 이신은 삽시간에 쐐기충을 4마리나 일점사로 잡아버렸다.

놀란 이철한이 쐐기충들과 폭탄충들을 일제히 공격시켰다. 학익진으로 넓게 포위하며 감싸듯이 달려들었다.

그리고 오늘 최고의 명장면이 탄생했다.

퍼엉! 펑! 펑! 퍼엉!

스텔스 전투기들이 미친 듯이 지그재그로 기동하며 터닝 샷을 날렸다.

폭탄충들이 자폭해 보지도 못하고 속절없이 격추되었다.

마우스 클릭의 타이밍에 조금의 오차라도 생기면 스텔스 전투기들이 몰살당하는 아슬아슬한 곡예였다.

"꺄아아아아악!"

"우와아아아!"

"신! 신! 신! 신!"

위협적인 폭탄충들이 무더기로 격추되자 거꾸로 이신이 공격했다.

쐐기충들이 맞서지 못하고 후퇴하니, 보다 속도가 느려 뒤처진 하늘 군주들을 무더기로 사냥했다.

아차 싶었는지 이철한의 쐐기충들이 다시 선회.

'이긴다.'

판단이 선 이신은 그대로 들이받아 버렸다.

쐐기충들이 쐐기를 쏘고 빠지기를 반복한다.

스텔스 전투기들도 미사일을 쏘고 빠지고를 반복한다.

양 편대는 서로의 사정거리를 넘나들며 현란하게 싸웠다.

─어어! 안 되죠! 저건 그냥 손 놓은 거죠, 이철한 선수!

─아마도 마지막 공중전이 지금 펼쳐지고 있습니다! 이 경기의 분수령입니다!

승부는 주변에 있던 마지막 하늘 군주를 날카롭게 잡아낸 이신에게로 기울어졌다.

주변에서 하늘 군주가 사라지자, 스텔스 모드로 모습을 감춘 스텔스 전투기 편대를 공격할 방법이 없었다.

쐐기충들은 후퇴하다가 뒤쫓아 오는 스텔스 전투기 편대에게 모조리 잡혀 버렸다.

—HAN : GG

—지지!
—이철한 선수 지지!
"꺄아아아악!"
"이신! 이신!"
"이신 오빠—!!"
관객석에서 비명이 터져 나왔다.
열광의 도가니 속에서, 이신은 차음 헤드셋과 이어폰을 빼고 부스에서 나왔다.
이신은 손을 뻗어 팀원들과 하이파이브를 했다.
마지막으로 팬들을 향해 주먹을 뻗었다.
쩌렁쩌렁한 함성 소리.
앞자리 VIP석에 나란히 앉은 지수민 및 대사제 일행도 꺅꺅거리고 스마트폰으로 촬영을 하며 좋아했다.
신의 귀환이었다.

경기가 끝나고 승자 인터뷰가 있었다.
온라인 관람을 하는 시청자를 위한 인터뷰였다.
MBS에서는 주디와 이신이, CT는 4명이 참여했다.

그랬다.

경기는 2 대 4로 CT의 승리였다.

이신이 오염된 성좌에서 이철한을 꺾어냈을 때만 해도 MBS는 매우 기세가 올라와 있었다.

관객들의 열광에 휩싸인 채 다음 4세트에 임했다.

하지만 거기까지였다.

줄줄이 패배!

4세트에 출격한 박신부터 시작해서 최찬영, 김영표 등은 어째서 MBS가 하위권인지를 몸소 보여주었다.

이신이 잔뜩 띄워놓았던 열기는 4세트부터 조금씩 식더니, 이내 6세트가 끝나서는 실망으로 바뀌었다.

하다못해 한 명이라도 이겼으면 3 대 3.

에이스 결정전에서 이신의 경기를 한 번 더 볼 수 있었을 터였다.

그마저도 못하니 MBS의 1군들은 역시 암흑사제군단이라고 입을 모았다.

'1명이라도 이겨라 좀'이라고 쓴 플래카드를 들고 흔드는 관객까지 대형 화면에 잡힐 정도였다.

—이야, 예언과 달리 오늘 팀이 패배했는데 기분이 어떻습니까?

"어떻겠습니까?"

허허, 안 좋겠죠. 근데 본인은 CT의 에이스 이철한 선수를 멋지게 꺾었잖습니까? 오늘의 명경기상까지 수상했는데, 복귀전을 화려하게 장식해서 좋지 않습니까?

"예, 썩 좋지 않습니다."

—어휴, 세상에서 제일 힘든 게 저기압인 이신 선수 인터뷰라 던데 사실이었네요. 저 정말 힘듭니다.

승자 인터뷰에 참석한 다른 5인의 선수가 웃음을 터뜨렸다.

캐스터 이병철은 능글능글 웃으며 계속 이신에게 말을 붙였 다.

—그래서 본인이 이긴 건 좋죠?

"예."

—본인의 플레이에 점수를 매긴다면?

"만점."

—어휴, 이미지와 달리 스스로에게 굉장히 관대하시네요?

"목적한 바를 전부 완수했고 실수가 없었습니다. 폭탄충도 한 마리도 자폭을 허용하지 않고 격추시켰습니다."

—그러니까 객관적으로 생각해 봐도 난 너무 잘났다?

"…좋은 플레이였다는 겁니다."

—그러니까 본인이 잘났다는 거잖아요?

다른 선수들이 낄낄거리며 웃었다.

이신의 말문이 막히게 만들 정도로 캐스터로서 내공이 있는 이병철이었다.

한편 그 인터뷰를 보면서 온라인 관람객들은 실시간으로 댓글 을 널고 있었다.

이신의 복귀전 경기라 그런지 접속자 수가 역대 최고 수준이었다.

　　—잘났지 뭐…….

　　—이신 플레이 보고 삘 받아서 혼자 스텔스기 컨트롤해 봤는데 턱도 없더라. 어떻게 저런 플레이를 하는 거지?

　　—이철한 답 안 나오더라. 독침충을 좀 뽑아서 막아야지 뭔 짓이냐 저게.

　　—이신 상대로 지상유닛 하나 없이 온리 공중전 ㅋㅋㅋ 이철한 정말 자신감이 지나쳤다 ㅋㅋㅋ

　　—마지막에 폭탄충들 포위했는데 지그재그로 비행하면서 5연속 터닝샷 하는 거 봤음? 진심 지렸다.

　　—조금이라도 삐끗하면 폭망인데 실수가 없어 ㅋㅋㅋ

　　—신이시여! ㅠㅠ

　　—저쯤 되면 도핑테스트 해야지.

　　—이신 오늘 팀 차 안 타고 롤스로이스 팬텀 타고 왔다던데 사실임?

　　—아 씨, 활동 접었었는데 다시 이신교 카페를 가봐야 하나.

　　—ㅋㅋㅋㅋ 그 와중에 깨알같이 이신교 교주 화면에 잡혔더라.

　　—미래의 신랑 응원 잼.

　　—주디 기습 포옹도 웃겼는데 ㅋㅋㅋ

　　—그래도 이신이 MBS 체면 살렸네. 이신하고 키운 제자하고 둘이서 2승이라도 해줬으니까. 하마터면 0승 4패 될 뻔. ㄷㄷㄷ

　　—경기 매출도 그렇고 이신이 먹여 살리네. ㄱㄱㄱ

　　—방진호 경질해야 함. 쓸데없이 남자다운 이미지라 그간 팬들이 너무

관대했음.

　ㅡㄴㄴㄴ 방송국 윗대가리가 병신들이라 그럼. 상남자 방 감독 까지 마
라 ㅂㄷㅂㄷ

　다음 인터뷰는 주디였다.

　ㅡ주디 선수, 첫 데뷔전 승리를 축하드립니다.

　"감사합니다."

　주디는 꾸벅 인사했다.

　ㅡ오늘 박진수 선수의 센터 참회실을 멋지게 막아냈는데 비결
이 있었습니까?

　"코치님이 그렇게 하랬어요."

　ㅡ아, 이신 선수가 센터 참회실 오면 그렇게 하라고 했습니까?

　"네."

　ㅡ그럼 이신 선수의 지도도 물론 좋았지만, 주디 선수 본인도
이 점은 내가 참 잘했다 하는 게 있다면?

　주디는 말을 쉽게 알아듣지 못해 한 번 더 질문을 받아야 했
다.

　고개를 끄덕인 주디가 답했다.

　"코치님이 시키는 대로 잘했어요."

　ㅡㅋㅋㅋㅋㅋㅋ

　ㅡ존나 귀여워 ㅋㅋㅋㅋ

　ㅡ말 잘 듣는 아이 ㅋㅋ

—신실한 신자의 탄생이로다.

—신의 말씀을 잘 들었으니 잘했지.

—아까 포옹도 그랬고 주디에게서 이신교도 냄새가 난다.

—첫 데뷔를 성공적으로 치르셨는데 앞으로 선수로서 포부가 있다면?

"매년 꾸준히 승률 50% 이상 찍는 선수가 되랬어요."

—아, 코치님이?

"네."

—ㅋㅋㅋ 기승전코치님 ㅋㅋ

—아, 왜케 귀여워 ㅋㅋ

—주디 ♡

—제자가 스승 팬인 듯 ㅎㅎㅎ

주디의 엉뚱한 매력은 온라인 관객들에게 어필하여서 호의적인 댓글들이 마구 달렸다.

—아, 그렇지. 그럼 오늘로서 선수로 복귀한 이신 선수의 포부도 한 번 들어보겠습니다.

마이크를 넘겨받은 이신은 덤덤히 말했다.

"1승당 1천만 원, 에이스 결정전과 플레이오프, 포스트시즌은 1승당 2천만 원을 받기로 계약이 되어 있습니다. 많이 이겨서 돈을 많이 벌겠습니다."

―어휴, 돈도 많은 양반이 왜 또 그런 야심을 드러내십니까? 역시 롤스로이스 팬텀이 좀 무리였나요?

"하고 싶은 일이 있습니다."

―예, 저도 돈 많이 생기면 하고 싶은 일이 한두 가지가 아니죠. 그중 하나가 결혼입니다만… 아무튼 이상 이신 선수의 목표였습니다! 플레이오프나 포스트시즌은 연승제인데, 무서워서 이 선수를 선봉에 내보낼 수가 없겠네요. 올킬 했다간 1억! 이야―!

―ㅎㄷㄷㄷ

―1승당 1천만 원?

―전성기 때처럼 승률 90% 넘으면… 히익!

―MBS경영진 : 아차 ㅆㅂ ;;

―가진 놈들이 더하다더니. ㅎㄷㄷ

―진짜 연봉 10억 이상 찍는 거 아냐?

―라고 말해도 MBS 하는 꼬라지 보면 올해 포스트시즌 진출 못 한다.

―포스트시즌이 뭐여, 4라운드 플레이오프도 못 가겠네. ㅉㅉㅉ

*　　　　　*　　　　　*

이신의 복귀전과 주디의 데뷔전은 성공적이었지만, 그 외의 모든 선수가 형편없이 패배한 MBS는 분위기가 좋지 않았다.

"다울이는 처음이라 긴장했다 쳐도, 너희는 두대체 뭐야? 너희도 떨려? 경기 처음 나가 봐?!"

방진호 감독의 호통이 연습실에 쩌렁쩌렁하게 울려 퍼졌다.

패배한 장본인인 정다울, 박신, 최찬영, 김영표는 물론 다른 선수들도 고개를 숙였다.

"연습할 때의 반만큼이라도 실력을 발휘해 보란 말이야!"

답답해하는 방진호 감독.

하다못해 평소 수줍음이 많은 주디조차도 의외로 무대에서 잘 적응해서 제 실력을 발휘했다.

그런데 정다울은 물론이고 1군 선수들까지 형편없는 경기력을 보였으니 방진호 감독이 속이 터질 만했다.

방진호 감독은 고개를 절레절레 내저으며 이신의 옆자리로 돌아왔다.

"미치겠네. 당장 다음 주도 JKT랑 경기가 잡혀 있는데, 하나같이 이러니 누구를 출전시켜야 할지 감이 안 온다, 감이."

"애들이 무대에 약한 것 같습니다."

"그러니까! 누구보다도 배짱이 좋아야 할 녀석들이……."

"그럼 아예 연습실을 무대처럼 꾸며놓죠."

"뭐?"

이신은 방진호 감독에게 자신의 생각을 설명했다.

얘기를 듣던 방진호 감독은 고개를 끄덕였다.

"괜찮은 생각이네. 한번 해보자."

그리고 다음 날.

아침 일찍 훈련하러 연습실에 도착한 선수들은 확 바뀌어 버린 연습실의 풍경에 화들짝 놀랐다.

100인치쯤 되는 거대한 프로젝터 화면이 한쪽 벽면에 장식되어 있었다.

그리고 연습실 중앙에 컴퓨터 2대가 서로 마주보고 배치되어 있었고, 선수들이 휴식하거나 간식을 먹을 때 쓰는 테이블과 의자들이 관객석처럼 배치되어 있었다.

방음 부스는 없었지만 마주보고 있는 PC 자리 두 개는 유리 파티션으로 둘러싸여 있었고 차음 헤드폰까지 준비되었다.

마치 간이 경기장과 같은 모습이었다.

"오늘부터 호명된 사람은 이곳에서 실제 경기를 하듯이 연습을 한다."

방진호 감독이 이어서 말했다.

"연습 경기 플레이는 프로젝터를 통해 모두에게 보인다. 그리고 관람한 사람들은 익명으로 한 줄 평가를 작성해 본인에게 전달된다. 즉, 이 간이 경기장은 공개적으로 평가당하는 자리인 거다."

선수들에게 최대한 공식 경기장에 온 듯한 부담감을 주어서 현장에 익숙해지게 만들기 위한 조치였다.

1군 선수들은 부담을 느꼈다.

자기 플레이가 프로젝터를 통해 모두에게 노골적으로 공개된다.

그 정도는 상관없지만, 2군들은 물론 연습생까지도 자신의 플레이에 대한 평가를 익명으로 내릴 터였다.

자칫 형편없는 플레이를 했다가는 혹평으로 가득한 평가서를 받는 굴욕을 겪을지도 몰랐다.

"그럼 당장 시작하자. 먼저 정다울하고 박신 나와."

호명된 두 사람은 유리파티션으로 이루어진 간이부스에 들어 갔다. 자기 장비를 PC에 세팅하고, 차음 헤드셋까지 꼈다.

데뷔전을 극도의 긴장과 형편없는 플레이로 장식했던 정다울 은 표정이 딱딱하게 굳어 있었다.

이번에도 형편없는 모습을 보이면 간신히 얻은 1군의 자리도 위태로워질 거라는 위기감이 들었던 것이다.

'이번에야말로……!'

제발 자신에게 한 번 더 기회가 주어지기를 정다울은 간절히 원했다. 그러기 위해서는 일단 여기서 방진호 감독에게 자신의 실력을 입증시켜야 했다.

모두가 지켜보는 앞에서 그렇게 이색적인 연습이 시작되었다.

*   *   *

새로 도입한 연습은 그럭저럭 반응이 괜찮았다.

서로 익명으로 평가를 내려주므로 객관적이고 냉정한 피드백 을 해줄 수 있게 된 게 좋았다.

또한 유리파티션과 차음헤드셋 등이 실제 경기장과 느낌이 비 슷하다는 의견이었다.

어쨌든, 그렇게 MBS는 다음 경기를 향해 착실하게 준비를 해 나갔다.

그러던 중, MBS는 한국 e스포츠 협회로부터 뜻밖의 공문을 받았다.

영문으로 된 공문과 이를 한국말로 해석된 번역본이 함께 e메일로 전달되었다.

그 내용을 요약하자면 다음과 같았다.

미국 SC 프로리그 협회에서 후반기 프로리그 개막 이벤트로 귀 팀 소속의 선수 이신을 라스베이거스로 초청하고자 합니다.

미국 SC 프로리그!

세계에서 가장 큰 e스포츠 무대에서 이신을 초청하고 있었다.

이를 위하여 이신 본인은 물론 MBS에게도 큰 금액을 대가로 지불하겠다고 하고 있었다.

그들이 이신에게 원하는 것은 이벤트 매치.

바로 지난 월드 SC 그랑프리에서 최영준과 접전 끝에 패해 4위를 차지한 마이클 조셉과의 시합이었다.

포스트 이신으로서 키워진 기대주 마이클 조셉과 그의 롤모델인 이신의 대결을 미국 팬들 앞에서 펼쳐 주길 바라는 것이었다.

"미국까지 가서 마이클 조셉하고 시합을 해달라고?"

이신의 눈살이 찌푸려졌다. 미국까지 가야 한다는 점이 싫었던 모양이었다.

방진호 감독이 설명했다.

"3판 2선승제야. 그거 한 판만 하고 돌아오면 너한테 떨어지는 돈만 100만 달러다. 승리 수당도 따로 없이 그냥 무조건 100만 달러! 우리나라 돈으로 대충 11억이야."

방진호 감독의 말에 이어 박상혁 단장도 적극적으로 설명했다.

"참고로 우리 팀에게도 50만 달러를 지불하겠다는 통 큰 오퍼입니다. 이신 씨도 지난번 인터뷰 때 말씀하셨잖아요. 돈 많이 벌고 싶다고요."

이에 이신은 곰곰이 생각했다.

'마이클 조셉이라……'

마이클 조셉이라면 자신의 스타일을 판박이처럼 쏙 닮은 어린 흑인 선수였다.

개인적으로는 월드 SC 그랑프리에서 본 가장 장래가 두려운 선수였다.

이신이 말했다.

"거절할 이유가 없습니다."

그렇게 이신의 라스베이거스행이 불쑥 결정되었다.

제4장

블랙 프린스

"마이클 조셉의 총전적이다."

방진호 감독이 마이클 조셉에 대한 기록이 담긴 서류를 내밀었다.

"이건 왜요?"

"봐둬. 망신살 뻗치기 싫으면."

"이벤트 매치에 망신은."

"미국이 얼마나 약 올라 있는지는 모르지?"

"……?"

이신은 의아한 얼굴이 되었다.

방진호 감독이 말했다.

"스페이스 그래프트가 개발된 본고장이고 가장 규모가 큰 리

그를 가진 미국인데, 월드 SC 그랑프리 개인전에서는 아직 한 번도 금메달을 가져 본 적이 없어. 그게 누구 때문일 것 같아?"

"저죠."

"이번에도 야심차게 키운 신예 마이클 조셉이 최영준한테 아깝게 밀려 동메달도 건지지 못했다."

"역량을 보면 금메달 따도 할 말 없던데요."

"나도 마찬가지야. 미국은 그걸 증명하려고 널 초청하는 거란 말이야."

방진호 감독은 서류를 흔들며 말을 계속했다.

"맵은 당일 날 무작위로 정한다고 했지만, 마이클 조셉에게 유리한 쪽으로 선정할 거다. 지금쯤 마이클 조셉은 너와의 일전을 대비해 준비하고 있을지도 모르지."

"……."

"이벤트 매치에 선정될 것 같은 맵 몇 가지를 추려놓고 거기서 마이클 조셉이 주로 어떤 전략을 쓰는지도 정리했다. 비행기 안에서라도 틈틈이 봐 놔."

"감사합니다."

이신은 서류를 슥 훑어보았다.

마이클 조셉에 대한 내용이 일목요연하게 잘 정리되어 있었다.

특히 이신이 현역 시절에 승률이 그나마 낮았던 맵들 중에서 마이클 조셉의 승률이 높은 맵이 잘 정리되어 있었다.

이 중에서 이벤트 매치에 쓰일 맵이 정해질 수 있다는 예측이었다.

그래봤자 이벤트 매치일 뿐인데 군이 이렇게 치사하게 나올 필요가 있을까 싶었지만, 달리 생각해 보면 이벤트 매치일 뿐이기에 치사할 수 있는 게 아닐까 싶기도 했다.

어찌 되었든 이벤트 매치 한 번 참여해 주는 대가가 100만 달러.

항공권과 호텔 등도 모두 제공해 주고, 아예 가이드를 붙여주어서 이벤트부터 관광까지 모든 편의를 봐주겠다는 의사를 보내왔다. 이신으로서는 거절할 이유가 없었다.

'그러고 보면 예전부터 참 많이 제의를 받았었지.'

중국, 유럽, 미국 등 거대 리그의 내로라하는 프로 팀들이 그에게 줄기차게 러브콜을 보내오곤 했다.

매우 높은 연봉을 제시했지만, 그때는 한국을 떠나 만리타국에서 활동하기가 귀찮았던 까닭에 죄다 거절하곤 했다.

하지만 군대를 다녀오고 선수 생활도 접었다가 다시 복귀하고 나니, 조금은 흥미가 생겼다.

'선수 생명이 끝나기 전에 다른 리그도 경험해 보는 게 좋을 것 같군.'

보다 선진적인 시스템을 정착시킨 해외 프로 팀들을 경험해 보고 배우고 싶다는 생각이 들었다.

어쨌거나 이번 이벤트는 미국의 프로리그를 구경할 수 있는 좋은 기회였다.

*　　　*　　　*

미국의 초청을 받았다는 소식이 알려지면서 이신은 잠잠할 틈도 없이 주목을 받았다.

비록 팀은 졌으나 이철한을 상대로 성공적인 복귀전을 펼친 이신.

실력이 아직 건재하다는 것이 입증되자마자 미국 프로리그의 초청을 받았다.

자국의 프로리그 개막 이벤트에 초청했다는 것은, 그만큼 이신을 특별한 존재로 인정했다는 뜻이었다.

어쩌면 이번 일을 계기로 이신이 MBS를 떠나 미국으로 갈지도 모른다는 루머까지 확산되었다.

이는 세계 유수의 프로 팀들이 이신에 대한 코멘트를 하면서 더욱 이신 해외 진출설에 설득력을 부여하고 있었다.

―TC 마르케스 감독 "이신의 경기력 놀라워"

―미국 프로 팀들의 극찬 "녹슬지 않은 컨트롤 경이롭다"

―미국 SC 프로리그 협회 "이벤트 매치, 마이클 조셉과 멋진 대결 기대"

―금메달리스트 엔조 주앙 "이신은 나의 우상"

―중국서도 이신 극찬 "얼마가 들어도 상관없다" 영입 의사 밝혀

―뉴욕GC "이신, 돈을 벌고 싶다면 우리에게 와라"

경기력도 경기력이었지만, 오랫동안 권좌에 군림했던 최강자라는 이신의 상징성이 해외 팀들은 탐나는 것이었다.

저러다 정말로 해외로 떠나 버리는 거 아니냐는 목소리가 팬들 사이에서 높아졌다.

이신교도 이신의 해외 진출에 대해 찬반논쟁이 벌어져 격렬한 키보드 배틀이 벌어지고 있었다.

—무서운 대륙의 기상 ㅎㄷㄷ 얼마가 들든 상관없대. ;;;

—그래도 간다면 미국이지.

—가긴 어딜 가! 신께서는 한국에 계셔야 합니다. 만리타국에서 괜히 고생하신다고요!

—ㅆㅂ 이제 나이도 있는데 은퇴하기 전에 해외 가서 뽕 뽑아야지.

—여태 한국에서 활동해 준 것만으로도 감사해야 함.

—팬들을 위해 떠나지 않은 건 아니잖아. 언어 때문에 불편해서 안 간 거지 ㅋㅋㅋ

—운전사도 고용해서 차 타고 다니는 마당에 언어가 문제임? 통역사 고용하면 그만이지.

—군대도 다녀왔겠다, 이제 해외 진출은 아무 문제없지 않나?

—이신이 미국에서 대활약하는 것도 보고 싶긴 한데, 미국 프로리그 경기 여기서 볼 수 있냐? ㅠㅠ

—온라인 관람권 사서 인터넷으로 보면 됩니다. 다만 해설이 영어 OTL

—돈 때문에 해외 진출했다가 적응 못 해서 실패한 사례가 한둘이냐? 여기서도 돈벌이 충분히 할 텐데 뭐 하러 위험을 자초함?

더 높은 연봉과 대우를 받기 위해 이제 그만 한국을 떠나야 한다는 의견과 한국에 남아 국내 팬들을 위해 재미있는 경기를 더 많이 보여줘야 한다는 의견이 충돌했다.

그런 모든 논쟁을 뒤로 한 채, 이신은 LA행 비행기에 몸을 실었다.

퍼스트 클래스에 자리 잡은 이신은 비행기가 이륙하자마자 등받이를 뒤로 젖히고 잠이 들었다.

*   *   *

한참 잠들어 있던 이신은 부스스 눈을 떴다.

누군가가 다가와 물었다.

"식사 안 하시겠어요?"

아마도 스튜어디스인 모양이었다.

"안 해."

이신은 잠결에 반말로 간단히 대꾸했다.

"슬슬 시장하실 텐데요?"

"물."

"물은 식사가 아니잖아요. 이제 슬슬 일어나세요, 카이저."

그 말에 이신은 번쩍 눈을 떴다.

고개를 돌려 옆을 보니, 그레모리가 빙긋이 웃고 있었다.

그제야 비로소 이신은 자신이 침대에 누워 있다는 것을 깨달

왔다.

"잘 잤나요?"

"예."

이신은 몸을 일으켰다.

잠을 잘 잔 탓인지 몸이 개운했다.

'그러고 보니 요즘은 피로를 느껴본 적이 없군.'

아마도 그레모리의 능력으로 육체의 모든 문제가 말끔하게 치유된 탓이 아닐까 싶었다.

"서열전입니까?"

"그게 아니면 카이저를 부를 이유가 없겠죠?"

"도전하는 겁니까, 도전받은 겁니까?"

"우리가 도전을 받았어요."

"우리 바로 아래 서열이라면 악마군주 플라우로스일 텐데, 그가 벌써 도전 자격에 해당하는 마력량을 갖춘 겁니까?"

불과 얼마 전에 패퇴시킨 악마군주 플라우로스와 사나다 마사유키를 떠올리며 이신이 물었다.

그러나 그레모리는 고개를 저었다.

"플라우로스가 아니에요."

"그럼 벨리알입니까?"

다음에 머릿속에 떠오른 상대는 악마군주 벨리알과 조아생 뮈라였다.

'하지만 조아생 뮈라는 나와 싸우고 싶지 않다고 했었는데?'

그레모리는 웃으며 설명해 주었다.

"도전자는 악마군주 데카라비아예요."

"데카라비아? 그런 자가 아래 서열에 있었습니까?"

"이 말부터 해야겠네요. 저는 불과 얼마 전에 68위로 서열이 올랐어요."

그제야 이신은 어찌 된 일인지 알 수 있었다.

"위 서열에 있던 악마군주가 많은 마력을 잃는 바람에 서열이 몇 계단 추락한 모양이군요."

"맞아요. 데카라비아는 본래 67위에 있었는데, 68위였던 안드로말리우스의 도전을 받아 패했어요. 마력을 3만이나 잃는 바람에 저보다 아래로 추락해 버렸죠."

"그가 우리에게 도전하는 겁니까?"

"네, 들은 바에 의하면 우리에게 도전하기 위해 그의 계약자가 서열전 준비를 하고 있다고 하더군요."

"그 계약자는 누굽니까?"

"악마군주 데카라비아의 계약자는 우드스톡의 에드워드 (Edward of Woodstock)라는 인물로 알고 있어요."

"우드스톡의 에드워드?"

"살아생전에 왕세자의 신분으로 많은 전쟁에서 승리를 거둔 인물이라고 들었어요."

"잘 모르겠군요."

가끔 취미 삼아 세계 역사의 전쟁사를 훑어보게 된 이신이었지만, 말 그대로 시간이 날 때마다 짬짬이 인터넷을 뒤져보는 것에 불과해서 상식적으로 널리 알려진 인물이 아니면 잘 알지 못했다.

"악마군주 데카라비아가 계약자를 찾아 헤매던 중 지옥에서 발견해 데려온 인물이라고 하던데, 자세한 사실은 잘 모르겠네요. 아무튼 서열전에서 즐겨 사용하는 종족은 엘프라고 해요."

"직접 맞붙어 보진 못하셨습니까?"

"네."

이신은 곰곰이 생각에 잠겼다.

일단 에드워드라는 이름을 보니 영국인일 거라는 짐작이 들었다.

하지만 그 외에 아는 바가 전혀 없어서 곤란했다. 어떤 스타일의 전략을 구사할지 전혀 예측이 안 되는 것이었다.

하지만 다행히 이신은 정보를 얻을 수 있는 루트가 있었다.

'조아생 뮈라에게 물어봐야겠군.'

이신이 말했다.

"조아생 뮈라를 만나고 싶은데 연락을 넣어주시겠습니까?"

"알겠어요."

고개를 끄덕인 그레모리는 잠시 눈을 감았다.

이윽고 눈을 뜨며 다시 입을 열었다.

"연락했어요. 이리로 오겠다는군요."

"예?"

어안이 벙벙해진 이신에게 그레모리는 재미있다는 듯이 미소를 지었다.

[이렇게 그에게 의사를 전달했어요.]

갑자기 머릿속에 울려 퍼지는 음성. 마치 서열전에서의 안내
음과도 같았다.

'악마군주의 능력인가 보구나.'

이신은 비로소 수긍했다. 이곳은 마계. 자신의 상식으로 판단
할 수 없었다.

*   *   *

조아생 뮈라는 그레모리의 궁전에 당도하자마자 다짜고짜 이
신을 밖으로 끌고 나갔다.

이신은 몹시 귀찮았지만 어쩔 수 없이 함께 말을 타고 밖으로
나다녀야 했다.

"어이어이, 표정 피라고. 오랜만에 말 타고 달리고 좋잖아?"

"피곤한 일일 뿐이다."

"피곤할 리가 있나. 쓸데없는 엄살은 피우지 말라고. 그보다
드디어 데카라비아와 붙는군?"

"그렇다. 우드스톡의 에드워드란 계약자와 붙어보았나?"

"아아, 붙어봤지."

"이겼나?"

"당연히 이겼지."

조아생 뮈라가 우쭐거렸다.

"에드워드 그 양반은 나의 우아한 기병 돌격을 자기 시대에 경험했던 멍청한 프랑스 기사들과 똑같이 취급하더라고. 쓴맛을 보여줬지."

"혹시 그 에드워드라는 인물이 유명한 사람인가?"

그 물음에 조아생 뮈라는 두 눈이 휘둥그레졌다.

"이런 맙소사! 모른다고? 흑태자 에드워드(Edward the Black Prince)를 몰라서 묻는 거야?"

'흑태자?'

그건 조금 들어본 이름이었다.

이신은 기억을 더듬었다.

"백년전쟁인가?"

"그래!"

조아생 뮈라는 열심히 흑태자 에드워드에 대해 설명했다.

영국의 왕 에드워드 3세의 맏아들인 에드워드는 훗날 왕위에 오르는 리처드 2세의 아버지이기도 했다.

프랑스와 영국 사이에서 벌어진 백년전쟁 당시에 왕세자로서 여러 전투에서 맹활약을 떨쳐 영국의 승리를 견인했고, 프랑스 남부의 광대한 지역을 통치했다.

검은 갑옷을 즐겨 입어서 흑태자(黑太子)라 불렸는데, 이는 후대에 생긴 별명이라고 한다.

"그 양반이 우리 프랑스 지역을 지배하면서 워낙 잔혹한 짓을 많이 하는 바람에 지옥에 떨어졌거든. 특히 리모주에서 남녀노소를 안 가리고 주민 3천 명을 학살해서……."

"그보다 그자의 스타일을 알고 싶군."

이신은 조아생 뮈라의 역사 강좌를 중단시켰다.

다행히 여관 주인의 아들 출신인 조아생 뮈라도 배운 게 없어 그 이상 딱히 아는 바는 없었다.

"그 뭐더라? 그래, 크레시 전투랑 하나는 푸아그라? 아니, 푸아티에다, 푸아티에 전투! 그 두 가지 전투가 대표적이라고 할 수 있지."

조아생 뮈라는 여관 주인 아들로 태어나 별다른 교육을 받지 못한 폐해를 여실히 드러내며 더듬더듬 설명했다.

"그게 우리 프랑스 입장에서는 상당히 쪽팔린 일이었거든. 다신 그러지 말라고 기병대에 입대했을 때 배웠더랬지."

크레시 전투와 푸아티에 전투.

흑태자 에드워드가 맹활약을 떨친 대표적인 두 전투였다.

"문제는 장궁(長弓)병이지, 장궁병. 당시 프랑스군의 석궁병보다 훨씬 더 빠르게 화살을 연사했거든. 게다가 앞에 장애물을 설치해서 기병대의 돌격을 차단하면서. 결국 계속 수차례 돌격을 심행히디기 멍칭하게 군대랑 나라를 말아먹었지."

"서열전은?"

"서열전에서도 스타일은 비슷해. 방어에 용이한 지형에서 활 잘 쏘는 엘프들을 배치해서 방어하는 스타일이거든. 그러다가 병력이 쌓이면 크게 한 판 승부를 걸어오지."

조아생 뮈라는 앞머리를 쓸어 올리며 우쭐거렸다.

"다만 그 양반은 나를 옛날의 그 멍청한 프랑스 기사늘과 똑같이 취급한 게 패인이었지."

"어떻게 이겼지?"

"방어선을 뚫지 못하고 계속 밀리고 있었는데, 마지막에 크게 싸울 때 이 몸이 맹활약을 했지. 아참, 그 양반도 나처럼 빙의를 쓰니까 조심하라고."

"빙의를?"

"사도 중에 엘프 가드를 데리고 있어. 그 엘프 가드가 엘프 어쌔신으로 승급되면 빙의를 사용해 직접 싸우더라고."

"잘 싸우나?"

"오, 제법이던데. 하지만 나한텐 안 되지! 그 양반은 그래 봤자 왕세자고 이 몸은 주먹 하나로 왕까지 된 싸움의 천재거든! 크하 하하!"

더는 들을 게 없다고 판단한 이신은 조아생 뮈라와 작별을 고 했다.

그런데 헤어지기 전에 조아생 뮈라가 말했다.

"잠깐! 그런데 혹시 악마군주 데카라비아가 누구랑 싸워서 추 락한 거라고 했지?"

"안드로말리우스라고 했다."

"안드로말리우스라……. 더 높은 서열에 있어야 할 악마군주 가 여기까지 내려오다니."

조아생 뮈라의 표정이 어쩐지 불편해 보였다.

조아생 뮈라는 이신에게 말했다.

"내가 조언 하나 해줄까?"

"뭐지?"

"이번 서열전에서 마력 5만 걸어."

"뭐?"

마력 5만이라면 서열전에서 배팅할 수 있는 최대치였다.

의아해하는 이신에게 조아생 뮈라가 말했다.

"데카라비아를 꺾고 마력 5만 챙겨서 서열을 몇 계단 건너뛰어 버리라고. 안드로말리우스 측과는 서열전을 치르지 않고 그냥 건너뛰어 버리는 게 최선이야."

이상한 일이었다.

자신감에 넘치고 오만한 조아생 뮈라가 저런 말을 하다니 말이다.

"악마군주 안드로말리우스의 계약자는 오운(伍員)이라는 놈인데, 그놈은 정말 보통이 아니더군. 이길 수가 없었어."

"싸워봤나?"

"우리가 그놈들이랑 서열전을 치렀다가 마력 5만을 털리고 여기에 주저앉았지. 벌써 40위권 정도에는 가 있어야 할 놈들이 하위권에 나타나다니, 그쪽도 뭔가 운수가 더럽게 안 풀렸나 보네."

'오운? 못 들어봤는데.'

그렇게 그와 작별하고 궁전으로 돌아오면서도 이신은 고개를 갸웃거렸다.

조아생 뮈라가 저렇게 말할 정도면 꽤나 거물이었을 텐데, 도무지 기억에 없었다.

'역사 상식을 좀 더 키워야겠군.'

아무튼 나름대로 여러 가지 유용한 정보는 얻었지만 아직 조금 부족함을 느꼈다.

조아생 뮈라는 지식이 짧고 전략적 시야도 넓지 않아서 얻을 수 있는 정보가 제한되어 있었다.

'그러고 보니 질 드 레도 백년전쟁 당시의 사람이었지.'

이신은 자신의 사도 중 한 명인 질 드 레를 떠올렸다.

잔 다르크와 함께 백년전쟁을 프랑스의 승리로 이끌었던 질 드 레였다.

동시대 사람이든 아니든 조아생 뮈라보다는 혹태자 에드워드에 대해 더 잘 알고 있을 듯했다.

"연습을 하고 싶습니다."

이신은 그레모리에게 돌아가 말했다.

"알겠어요. 전장으로 보내드릴게요. 전장은 어디가 좋으신가요?"

"제1전장 아스테이아가 좋겠습니다."

"알았어요."

그레모리는 텔레포트로 이신을 전장으로 보내주었다.

제1전장 아스테이아에 도착한 이신은 일단 사도 질 드 레를 소환했다.

"부르셨습니까, 계약자님."

질 드 레가 공손하게 인사를 해왔다.

이신은 인사를 생략하고 곧바로 질문부터 했다.

"혹태자 에드워드에 대해 아나?"

"흑태자?"

잠시 모르겠다는 표정을 짓던 질 드 레가 이내 되물었다.

"혹시 에드워드 3세의 왕세자였던 우드스톡의 에드워드를 말씀하시는 겁니까?"

"그렇다."

"그자가 지금은 흑태자라 불리는군요. 늘 검은 빛깔의 갑옷을 입고 다녔다고 듣긴 했습니다."

왕세자 에드워드에게 흑태자라는 별명이 붙은 것은 16세경부터였다. 15세기 사람인 질 드 레가 그 별명을 알 리 없었다.

"프랑스의 원수이자 공포의 대상이었던 그자를 모를 수가 없지요. 이번 상대가 그자로군요."

"그렇다."

이신은 우드스톡의 에드워드에 대해 대략적으로 설명했다.

이야기를 듣고 난 질 드 레가 입을 열었다.

"크레시 전투와 푸아티에 전투는 단순히 장궁의 위력에 패했다고만 말할 수 없는 싸움이었습니다."

엘리트 무관이었던 질 드 레는 과연 소아생 뒤라보다 훨씬 폭넓은 지식을 가지고 있었다.

"일단 두 전투 모두 지형적으로 방어에 용이한 장소였습니다. 경사진 구릉 위에 자리 잡고 포진했으므로 프랑스군은 오르막을 오르느라 기운이 빠져 제대로 공격을 할 수 없었지요."

이야기는 질 드 레이 설명은 다음과 같았다.

언덕 위에 자리 잡은 흑태자 에드워드는 병력을 역 V자 진형으로 만들었다. 중앙에 보병과 기병대, 그리고 양익(兩翼)에 장궁병을 배치한 포진이었다.

또한 양익 장궁병의 앞에는 말뚝과 구덩이 등의 장애물을 설치해 적 기병대가 돌격하지 못하게 해놓았다.

결국 돌격한 프랑스 중기병대는 장애물 뒤에 숨은 장궁병을 포기하고, 대신 타깃을 중앙의 보병으로 바꿀 수밖에 없었다.

그 결과 V자 진형 안으로 제 발로 기어 들어가 사방에서 쏟아지는 장궁병의 사격에 난타당한 것이다.

심지어 그렇게 먹히지도 않는 돌격을 몇 차례고 계속 반복하면서 프랑스군은 치욕적인 대패를 당했다.

"지휘체계도 총체적인 난국이었습니다. 석궁으로 장궁병에 대항했던 제노바 용병들이 화살을 막을 방패를 가지러 일시적으로 후퇴했는데, 기병대는 그들이 도망치는 줄 알고 공격해 처형했습니다."

"……."

"각 부대가 서로에게 방해가 되고, 병과 간의 연계도 전혀 없으니 지지 않을 수가 없었습니다. 그런 점에서 왕세자 에드워드는 장궁병과 보병·기사가 훌륭하게 연계하는 지휘능력을 보였습니다."

"연계라……."

지난번 상대였던 사나다 마사유키는 병력 운용이 뛰어났지만 유닛의 '조합'이라는 측면을 염두에 두지 못했다.

매우 뛰어난 전술과 병력 운용을 보였던 사나다 마사유키였지만, 보다 다양한 병과를 조합시켜서 위력을 내는 솜씨는 아직 부족했었다.

하지만 흑태자 에드워드는 적어도 조합에는 능한 것 같았다.

"그의 약점이라면 무엇이 있겠나?"

"정치와 물자 관리에 취약합니다. 돈을 물 쓰듯 낭비해서 그 부담이 고스란히 세금 부과로 백성들에게 이어졌고, 불필요한 학살 행위로 프랑스 전역에 반감을 불러 일으켜 저항을 촉발시켰습니다."

그밖에도 수없이 전쟁을 치르느라 들어간 비용도 큰 문제로 작용했다고 한다.

"그래도 아마 필사적으로 싸울 테니 조심하셔야 합니다."

"필사적이라고?"

"저와 동일하게 지옥에 있다가 계약자로 선택된 케이스입니다. 그런 경우는 계약이 악마군주에게 일방적이고 계약자는 어떠한 보호 조항도 없습니다. 성적이 좋지 않으면 그대로 버림받는 겁니다."

바로 실 느 레가 그린 사례였다.

그렇게 지옥으로 다시 쫓겨났다가 이신으로부터 사도로 암명된 것이다.

'이미 한 번 패배해서 서열이 몇 계단 추락한 탓에 심리적으로도 궁지에 몰렸겠군.'

또다시 패배하며 계약자로서의 지위도 위태로워질 수 있기 때문에 아마도 흑태자 에드워드는 필사의 각오로 덤벼올 터였다.

그의 스타일은 아마도 방어적인 전술 위주의 운영.

방어에 용이한 지역을 선점해 방어선을 구축한 뒤에 다수 병력을 모아 승부를 보는 스타일이었다.

그렇게 예상을 한 이신은 대응 전략을 모색하기 시작했다.

"네가 엘프를 맡아라."

"알겠습니다."

일단은 그렇게 모의전을 시작했다.

아무래도 주 종족이 마물이었던 질 드 레는 엘프 지휘에 많이 서투를 수밖에 없었다.

하지만 역시 천재 소리를 들었던 엘리트 지휘관답게 금방 엘프의 특성에 적응했다.

질 드 레는 몇 차례 모의전을 더 치르다가 의견을 새로 냈다.

"초반에 방어 위주로 하는 것은 휴먼을 상대로는 효율적인 전략이 아닙니다. 전술은 방어적이어도 기본적으로 그는 매우 호전적인 군주였습니다."

"옳은 말이다."

이신도 동의를 했다.

방어 위주로 시간을 끌다가 다수병력으로 결판을 지은 전략을 펼친 것은 상대가 조아생 뮈라였기 때문이었을 것이다.

조아생 뮈라의 오크와 달리 휴먼은 초반에 매우 약했다.

방어만 하면서 휴먼을 가만히 내버려 둔다는 것은 비효율적.

흑태자 에드워드가 그 정도도 모를 리 없었다.

이신은 곰곰이 생각다가 입을 열었다.

"그렇다면 한 가지 생각해 볼 만한 것이 있군."

그는 스페이스 크래프트에서 인류의 강력한 조이기 전략을 떠올렸다.

막강한 화력의 기동포탑과 지뢰를 매설하는 고속전차.

방어에 특화된 스페이스 크래프트의 인류는 이를 무기 삼아 초중반부터 상대의 앞마당 앞에서 방어선을 구축해 나오지 못하게 틀어막아 버리는 강력한 압박이 가능했다.

어쩌면 흑태자 에드워드도 그러한 전략을 펼칠지도 몰랐다.

"예, 한번 해보겠습니다."

질 드 레는 이신의 말대로 빠른 압박 전술을 펼쳐 보였다.

몇 번을 겪어보고 나니, 그것처럼 휴먼을 상대로 할 때 엘프가 취할 수 있는 좋은 전략이 없었다.

기본적으로 엘프들은 이동 속도가 빨라 초반부터 빠르게 진출하기 좋았고, 체력이 약한 대신 원거리 공격에 특화되어 있어 앞에 장애물만 만들어 놓으면 방어에 매우 유리한 종족이었다.

물론 시간이 흐르면 휴먼 또한 사정거리가 매우 긴 투석기가 나온다.

투석기로 멀리서 공격하면 상대의 방어선을 능히 분쇄할 수 있었다.

하지만 투석기가 나오기 전까지 숨이 턱까지 차오를 정도의 압박을 받는다면 휴먼으로서는 돌이킬 수 없을 정도로 형세가 어려워신다.

흑태자 에드워드가 어떤 전략을 해올지 대강 그려지기 시작했다.

예상이 틀릴 수도 있었지만, 이신이 생각하기에 휴먼으로 엘프를 상대할 때 가장 어려운 전략은 바로 초반 압박이었다.

그게 아니면 어떤 전략을 써오든 임기응변으로 이길 자신이 있었다.

연습은 순조롭게 이루어졌다.

도전을 받는 쪽이라 전장을 이신이 선택할 수 있었기에 연습이 더욱 용이했다.

그렇게 만반의 태세가 다 이루어졌을 즈음, 마침내 그레모리의 궁전으로 두 손님이 방문했다.

서열 69위의 악마군주 데카라비아.

그리고 그의 계약자 우드스톡의 에드워드였다.

제5장

돌파

데카라비아는 굉장히 기괴한 모습을 띠고 있었다.

팔다리가 역겹게 휘어져 오망성 모양을 띠고 있는 모습이었다.

눈, 코, 입, 귀 등 얼굴은 배에 달려 있어서 엽기적인 외모에 괴이함을 더하고 있었다.

지금껏 본 악마군주 중 가장 괴이쩍은 모습을 띤 데카라비아를 보며 이신은 충격에 굳어버렸다.

"왔구나."

그레모리가 태연하게 말했다.

데카라비아는 그레모리를 보며 히죽 웃었다.

"여어, 악마군주 그레모리여. 바닥까지 추락하더니 요즘은 꽤나 기를 펴고 있군."

"그대야말로 크게 낭패를 본 지가 얼마 되지 않았을 텐데."

"쯧, 긴말이 필요 없지. 도전한다."

"바라던 바다."

"전장과 마력을 정해라."

그레모리는 잠시 망설이며 이신을 바라보았다.

이신은 걱정 말라는 듯이 고개를 끄덕여 보였다.

그녀가 말했다.

"제1전장 아스테이아. 마력은 5만."

"뭣?!"

데카라비아가 화들짝 놀랐다.

데카라비아와 함께 온 장년의 백인 남자도 놀란 얼굴로 그레모리와 이신을 번갈아본다. 그가 바로 흑태자 에드워드였다.

"진심이냐?"

"그렇다."

"끄응."

데카라비아는 망설여지기 시작했다.

그도 그럴 것이, 5만 마력을 잃으면 십시간에 71위까지 더 추락해 버리는 것이었다.

게다가 그레모리의 새로운 계약자 이신은 상승세가 무서웠다.

딱 한 번밖에 패하지 않았으며, 그 패배를 안겨준 조아생 뮈라에게도 곧바로 설욕해 더 높은 마력을 따냈다. 사실상 전승행진을 하고 있다고 봐도 무방했다.

"겁나면 하지 않아도 된다."

"기다려라!"

그레모리의 조롱에 벌컥 화를 낸 데카라비아가 흑태자 에드워드를 바라보았다.

이윽고 두 사람은 시커먼 마력의 장막에 둘러싸여 모습이 가려졌다. 둘이서 조용히 상의를 하기 위해 마력으로 시각과 소리를 차단한 것이었다.

그레모리 또한 이신을 돌아보며 입을 열었다.

"괜찮을까요? 이렇게 많은 마력을 배팅하고서 져 버리면 우리가 71위로 추락하게 돼요."

"진다 해도 얼마든지 다시 복구할 수 있습니다. 지금껏 상대한 계약자들은 다시 겨룬 데도 이길 자신이 있습니다."

이신이 계속 말했다.

"이번에 이긴다면 그다음 상대는 안드로말리우스와 오운이라는 계약자입니다. 조아생 뮈라에게 듣기로 오운이라는 자는 실력이 상당해서 싸우지 않는 편이 좋다고 하였습니다."

"그자라면 저도 서열전을 치러봤어요. 저의 전 계약자가 너무나 빨리 당해서 실력이 어느 정도인지 볼 틈도 없었지만요."

"어떤 강자든 간에 위로 올라가기 위해서는 넘어야 할 산입니다. 어차피 싸워 이겨야 할 상대라면, 우리가 도전자가 아닌 피도전자인 편이 더 유리합니다. 마력 배팅도 전장도 우리가 선택할 수 있어야 유리한 싸움이 성립되니까요."

현재 서열 67위에 있는 안드로말리우스가 가진 마력량은 16만 9천이라고 했다.

이번 서열전에서 이겨서 5만을 얻었을 때 그레모리의 마력량은 17만 9천.

안드로말리우스보다도 위 서열로 추월할 수 있고, 따라서 안드로말리우스가 도리어 도전을 해야 하는 입장이 된다.

그러면 전장을 이신이 자신 있는 곳으로 선택해 맞설 수 있게 된다.

"안드로말리우스의 계약자 오운은 실력이 상당하기로 유명했어요. 그보다 위 서열에 있는 악마군주들도 피하고 싶어 한다고 들었어요. 차라리 이번 서열전에서 승리한 뒤에 곧바로 66위로 도전하면 어떨까요? 그러면 안드로말리우스를 피할 수 있잖아요."

이번 데카라비아와의 서열전에서 승리해서 5만 마력을 획득하면 66위로 도전할 자격까지 갖추게 된다.

"그건 그때 가서 생각해 보지요."

마침내 데카라비아와 흑태자 에드워드가 상의를 마쳤는지 마력 장막을 거두고 나타났다.

데카라비아가 말했나.

"하겠다."

*   *   *

"우드스톡의 에드워드요."

"이신입니다."

"잘해봅시다."

"이긴 싸움 외에 잘한 싸움은 없습니다."

"맞는 말이군."

흑태자 에드워드는 죽어서 지옥에 떨어진 사람치고는 매우 매너 있는 인물이었다.

두 사람의 대화는 그 정도로 끝났다.

마력이 5만이나 걸린 심각한 싸움을 앞둔 터라 두 사람 모두 긴장하고 있는 것이었다.

서열전이 시작되기 전에 이신은 해야 할 일이 따로 있었다.

"사도 명단."

크리스토퍼 콜럼버스(휴먼, 노예)

무기 : 없음

방어구 : 가죽 부츠(이동 속도 +5%)

능력 : 없음

질 드 레(휴먼, 기사)

무기 : 없음

방어구 : 없음

능력 : 없음

'질 드 레에게 방어구를 부여한다.'

[방어구가 임의로 부여되며 300마력이 소모됩니다. 부여하시

겠습니까?'

'부여한다.'

이윽고 질 드 레에게 변화가 생겼다.

질 드 레(휴먼, 기사)

무기 : 없음

방어구 : 칠흑갑주(방어력 +5%, 이동 속도 +2%)

능력 : 없음

'좋군.'

운이 좋았는지 생각보다 성능이 좋았다. 방어력뿐만이 아니라 이동 속도까지 약간 상승했다.

아마도 저 칠흑갑주라는 방어구가 기존에 기사들이 착용한 풀 플레이트 메일보다 더 가볍기 때문이 아닐까 싶었다.

이제 남은 마력은 360.

'무기도 부여하겠다.'

고민 끝에 이신은 결정을 내렸다. 오늘 이신이 펼칠 전략을 위해서는 질 드 레를 포함한 기사들에게 조금이라도 더 힘을 부여해야 했다.

질 드 레(휴먼, 기사)

무기 : 롱 소드(공격 속도 +5%)

방어구 : 칠흑갑주(방어력 +5%, 이동 속도 +2%)

능력 : 없음

그렇게 이신은 준비가 끝났다.
"이제 끝났나?"
흑태자 에드워드가 물었다. 역시나 매너가 좋은 인물이었다.
"예."
"그럼 시작하지. 무운을 빌진 않겠네."
"마찬가지입니다."

[악마군주 그레모리 님과 악마군주 데카라비아 님의 서열전입
니다. 전쟁의 승패가 서열과 마력에 영향을 줍니다. 마력은 10만
이 배팅됩니다.]
[마력 10만이 마력석이 되어 전장에 유포됩니다.]
[종족을 선택해 주십시오.]

"휴먼."
"엘프."

[서열전이 시작됩니다.]
[악마군주 그레모리 님의 계약자 이신 님과 악마군주 데카라
비아 님의 계약자 우드스톡의 에드워드 님께서 참전합니다.]

그렇게 서열전이 시작되었다.

전장은 제1전장 아스테이아.

이신으로서는 엘프를 상대로 한 첫 서열전이었다.

이신은 일단 7번째 노예로 식량창고부터 건설했다.

식량창고의 위치는 앞마당이었다.

이윽고 8번째 노예로 식량창고 바로 옆에 딱 붙여서 병영을 건설했다.

계속 노예를 소환해 마력석 채집을 시키면서 마력을 모았다.

콜럼버스로 하여금 소환을 보낸 후, 완공된 병영에서 궁병을 소환하면서 화살탑을 건설했다.

식량창고, 병영, 화살탑을 이어 지어서 바리케이드가 만들어졌다.

그렇게 안전이 확보되자 이신은 비로소 앞마당 쪽의 마력석 밀집 지역에 사령부를 건설했다.

확장 기지를 가져간 것이다.

지금까지의 서열전을 떠올려 보면, 평소보다 훨씬 빠르게 마력석 채집장을 늘린 셈이었다.

한편, 콜럼버스는 1시 지역에서 흑태자 에드워드의 본진을 발견했다.

흑태자 에드워드의 앞마당에는 커다란 나무가 세워져 있었다.

[생명의 나무 : 서열전 시작 시 엘프들에게 주어지는 가장 기본적인 건물입니다. 거의 대부분의 엘프들을 2명씩 소환할 수 있으며, 어린 엘프가 채집한 마력을 저장하기도 합니다.]

이미 생명의 나무는 완성되어 있었다. 엘프 종속의 생산 유닛이라 할 수 있는 어린 엘프들이 마력석을 채집해 생명의 나무로 나르고 있었다.

즉, 마력석 채집장이 이미 완성되어서 활성화된 상태였던 것이다.

'어쩔 수 없는 일이지.'

초반에 취약한 휴먼의 약점 탓에 이신은 방어부터 철저히 해 놓고 확장을 해야 했다.

그에 반해 흑태자 에드워드는 방어에 따로 마력을 투자할 필요도 없이 바로 마력석 채집장을 가져갈 수 있었다.

만약 이신이 초반부터 작정하고 궁병과 노예를 잔뜩 이끌고 치즈러시를 시도했다 해도 엘프를 이기지 못한다.

엘프는 초반에 매우 강력한 전투 병과의 엘프를 소환할 수 있기 때문이다.

[적의 공격을 받았습니다!]

쉬익— 콱!

"큭!"

정찰을 하고 있던 콜럼버스가 날아온 화살에 왼쪽 어깨를 맞았다.

머리로 날아오던 걸 피해 즉사를 면한 콜럼버스가 용했다.

멀리서 장궁을 든 엘프 2명이 달려오고 있었다.

[엘프 슈터 : 장궁을 다루는 엘프 전사. '스승의 나무' 건설 시 생명의 나무에서 소환할 수 있습니다. 기술 '저격'을 익히면 '엘프 스나이퍼'로 승급이 가능합니다.]

휴먼이 초반에 공격을 시도해도 절대로 엘프를 이길 수 없는 이유가 바로 저거였다.

소환하는 데 궁병의 2배인 100마력이 소모되지만, 일단 소환된 엘프 슈터 하나는 매우 날래고 활 솜씨가 뛰어나 능히 궁병 2명 이상의 값어치를 한다.

게다가 엘프 슈터는 약한 궁병과 달리 후반까지도 유용하게 활용이 가능했다.

스승의 나무에서 '저격' 기술을 개발하면, 엘프 스나이퍼로 승급할 수 있기 때문이다.

엘프 스나이퍼는 연사 속도가 느린 강노(剛弩)를 쓰지만, 사거리가 더 길고 관통력도 뛰어나 궁병 두세 명을 일격에 해치울 수도 있을 정도였다.

'결국은 엘프 슈터와 엘프 스나이퍼의 조합으로 빠르고 유동적인 방어선을 구축하겠다는 뜻이겠지.'

이신은 흑태자 에드워드의 첫 단계 전략을 확신할 수 있었다.

예상대로 흑태자 에드워드는 엘프 슈터 5명을 이신의 진영이 있는 7시로 이동시켰다.

콜럼버스가 계속 거리를 두고 물러서면서 엘프 슈터들의 움직임을 관찰했다.

엘프 슈터들은 이신의 앞마당까지 당도했다.

바리케이드를 굳건히 쳐 놓고 화살탑에 궁병 4명이 들어가 있었기 때문에 흑태자 에드워드도 공격해 오지는 못했다.

하지만 엘프 슈터들은 앞마당 앞에 진을 치고 있으면서 이신으로 하여금 밖으로 나오지 못하게 차단했다.

'좋은 전략이다.'

이신은 순수하게 흑태자 에드워드의 합리적인 전략에 살짝 감탄했다.

투석기가 완성되면 엘프 슈터들을 쫓아낼 수 있지만, 그때쯤 상대 또한 '저격'을 개발 완료하고 엘프 슈터를 엘프 스나이퍼로 승급시킬 수 있다.

엘프 스나이퍼는 투석기의 천적이었다.

투석기의 사거리가 10이라고 쳤을 때, 엘프 스나이퍼의 사거리는 8.

파괴력 또한 투석기가 더 강하다.

하지만 투석기는 한 번 조립하면 분해하지 않는 한 움직이지 못한다는 단점이 있었다.

투석기 조립이 완료되었을 때, 엘프 스나이퍼들이 과감하게 접근해 일점사격을 가하면 투석기는 속절없이 파괴당하고 마는 것이었다.

즉, 궁병보다 강한 엘프 슈터와 투석기의 천적인 엘프 스나이퍼의 조합으로 이신의 방어선을 분쇄시키고 끝장을 내겠다는 전략이었다.

'내가 투석기를 제작하기를 바라고 있겠군.'

그렇게 생각하며 이신은 나직이 미소를 지었다.

이신으로서는 그렇게 의도대로 따라줄 생각이 전혀 없었다.

흑태자 에드워드의 깊은 생각만큼이나, 이신도 많은 수 너머를 내다보았기 때문이었다.

'콜럼버스.'

"예, 계약자님!"

바깥에 정찰을 나가 있는 콜럼버스가 대답했다.

'9시 지역 구석에 특수병영을 건설해라.'

"예!"

콜럼버스는 명령대로 9시 방향으로 달려갔다.

이신이 선택한 열쇠는 투석기가 아닌 기사였다.

흑태자 에드워드.

새로운 무기와 탁월한 전술로 프랑스 기사들을 무참히 패배시키며 '기사도의 시대를 끝냈다'고까지 평가받는 인물.

그런 그를 상대로 이신은 감히 기사를 쓰려 하고 있었다.

콜럼버스는 9시 지역 구석에 특수병영 2개를 건설했다.

[특수병영 : 일반 보병과 달리 특수한 병과를 훈련시키는 건물입니다. '기사'와 '공병'을 소환할 수 있습니다. '투석기술' 개발 시 공병이 투석기를 제작할 수 있게 됩니다.]

2개의 특수병영에서 기사를 소환하기 시작했다.

한편, 본진에서는 2개의 병영에서 꾸준히 궁병과 방패병을 소환했다.

또한 대장간에서 무기 업그레이드도 실행했다.

방패병은 엘프 스나이퍼의 공격을 막기 위해 꼭 필요했다.

엘프 스나이퍼의 강노(剛弩)는 방패도 뚫어버릴 정도의 위력을 자랑한다.

하지만 무기 업그레이드가 완료되면, 그런 저격을 한두 차례 버텨낼 정도로 방패가 튼튼해진다.

방패병은 투석기를 포기한 대신에 선택한 이신의 고육지책이었다.

화살탑+석궁병+방패병의 조합으로 기사들이 구원하러 올 때까지 버텨낸다면 성공이었다.

앞마당 앞에 진을 치고 있는 엘프 슈터들의 숫자가 점점 늘어났다.

그리고 마침내 엘프 슈터들 중 4명이 엘프 스나이퍼로 승급하기 시작했다.

흑태자 에드워드 측도 저격 기술 개발을 완료한 것이다.

'좋아.'

이신은 상황을 긍정적으로 보았다. 계산이 딱딱 맞아 떨어지고 있었다.

엘프 슈터 4명이 엘프 스나이퍼로 승급하는 것보다, 기사 2명이 소환 완료되는 게 조금 더 빠르다.

하지만 그 기사 2명이 9시 지역에서 이곳까지 오는 동안 엘프 스나이퍼 승급이 완료될 것이다.

그럼 정확하게 엘프 스나이퍼로 승급된 순간에 싸움이 벌어지는 것이다.

'일단 앞마당 앞에서 진을 치고 있는 이 압박부터 걷어내야 한다.'

투석기가 나타난 순간 공격을 감행해 승리를 거머쥐려는 흑태자 에드워드.

일단 그의 병력을 앞마당에서 멀리 쫓아내면 첫 번째 위기는 벗어난다.

그러고 나면 다음은 이신의 차례였다. 칼자루가 잠시 이신에게로 넘어가는 것이다.

[기사가 소환 완료되었습니다.]

[계약자 이신 님의 사도 질 드 레가 소환 완료되었습니다.]

기사 2기가 소환이 완료됐다. 그중 한 명은 질 드 레였다.

'이쪽으로!'

질 드 레를 포함한 기사 2기는 곧장 앞마당을 향해 달려왔다.

앞마당을 수비하고 있던 석궁병들과 방패병들도 공격 준비를 했다.

'화살탑에 있는 석궁병 4명은 밖으로 나와라.'

'석궁병들 일제히 화살탑을 부숴라.'

'방패병들은 전면으로 나와 진열.'

'신호를 주면 일제히 엘프들을 공격한다.'

이신의 명령이 연속으로 내려졌다.

쉬쉬쉬쉭— 콰콱! 콰지직! 콰직!

석궁병들이 화살탑을 파괴했다.

이제 화살탑은 제 역할을 다했다. 적을 공격하려면 화살탑을 부숴 통로를 넓혀야 했다.

타이밍이 소름 끼치게 딱딱 맞아 떨어졌다.

화살탑이 석궁병들의 집중사격에 부서져 버렸고, 엘프 슈터

4명이 엘프 스나이퍼로 승급을 완료했으며, 질 드 레와 기사가 도착했다.

이신의 머릿속에서 속사포처럼 명령이 쏟아졌다.

'방패병 방패로 벽을 만들며 일제 돌격!'

'석궁병들 전진, 엘프 스나이퍼를 우선적으로 총공격!'

'질 드 레와 다른 기사도 공격! 엘프 스나이퍼를 우선적으로 격살!'

한순간에 벌어진 싸움이었다.

앞에서는 방패병과 석궁병들이 공격했고, 뒤에서는 기사 2기가 돌격을 해왔다.

예상치 못한 앞뒤 양방향 협공에 엘프들은 크게 당황했다.

특히나 미처 예상치 못했던 기사들의 출현은 치명적이었다.

근접전에 약한 엘프 슈터와 엘프 스나이퍼들이 2기의 기사에게 공격받아 진열이 무너졌다.

"차앗!"

질 드 레가 날렵하게 롱 소드를 휘둘러 엘프 스나이퍼의 목을 벴다.

서걱!

석궁병들의 볼트 소나기를 피하느라 정신이 없었던 엘프 스나이퍼는 질 드 레의 기습을 받고 즉사했다.

질 드 레는 계속해서 공격 속도를 5% 상승시켜 주는 롱 소드를 휘두르며 활약했다.

흑태자 에드워드가 미처 예상치 못했던 기사의 후방 급습!

이신의 기사+석궁병+방패병 조합은 엘프 슈터+엘프 스나이퍼보다 우세했다.

흑태자 에드워드는 가망이 없다고 생각했는지 최선의 판단을 내렸다.

엘프 슈터 몇 명이 남아서 열심히 저항했고, 그사이에 나머지가 일제히 후퇴했다.

'쫓아라!'

이신의 명령에 질 드 레와 기사가 맹렬히 쫓아가 엘프 슈터들을 베어 넘겼다.

그때, 살아 달아나던 엘프 스나이퍼 2명 중 하나가 재빨리 뒤돌아 기사를 저격했다.

쐐애액— 콰직!

"커억!"

가슴팍에 쇠뇌가 꽂힌 기사가 신음성을 토했다. 이윽고 엘프 슈터들의 집중 사격에 기사는 죽고 말았다.

하지만 그사이, 질 드 레가 그 엘프 스나이퍼에게 응징을 가했다.

콰지직!

"아악!"

엘프 스나이퍼를 한 명 더 해치우는 전과를 세운 질 드 레였다.

'이게 됐다.'

"알고 있습니다, 계약자님."

질 드 레는 그쯤 해두고 추격을 중단하고 물러섰다.

살아 달아난 엘프의 숫자는 엘프 스나이퍼 2명과 엘프 슈터 5명.

절반밖에 되지 않는 숫자였다.

이신도 기사 1기, 방패병 2명, 궁병 3명을 잃었지만 전과에 비하면 미미한 피해였다.

무엇보다도 압박을 하고 있던 적 병력을 쫓아냈다는 점에서 첫 번째 전략적 목표를 달성한 셈이었다.

'이제 내 차례다.'

때마침 계획을 실행하기 위한 여건이 진행되고 있었다.

[마탑이 완공되었습니다.]

[기사가 소환되었습니다.]

[공병이 소환되었습니다.]

＊　　　　＊　　　　＊

흑태자 에드워드는 정신을 차릴 수가 없었다.

병력을 내려보내 이신을 압박할 때까지만 해도 순조로웠다.

앞마당에서 나오지 못하게 강력하게 압박하면, 상대는 그 압박을 뚫기 위해 투석기를 만든다.

투석기가 나타난 순간, 엘프 스나이퍼로 일점 사격해 박살 내고 끝장내 버린다.

투석기만 없어지면 월등히 긴 사거리를 가진 엘프 스나이퍼를 상대가 막아낼 도리가 없는 것이다.

석궁병의 볼트가 닿지 않는 거리에서 화살탑부터 시작해 건물을 하나둘 부숴 나간다.

그리고 장애물이 전부 치워지면 그대로 돌입해 앞마당 마력석 채집장을 부순다.

그쯤 되면 이미 승기는 가져온 것이나 다름없었다.

그런데 대뜸 기사 2기가 출현하면서 전략이 틀어져 버렸다.

그것도 갑자기 엉뚱한 곳에서 갑자기 출현하니 병력을 상당수 잃을 수밖에 없었다.

'특수병영을 다른 곳에 숨겨 지었구나.'

아무튼 투석기 대신 기사를 택하다니, 제법이었다.

'답이 뭔지 아는군. 하지만 감히 내 앞에서 기사를 선보이다니 후회하게 해주마.'

크레시 전투와 푸아티에 전투에서 수적으로도 몇 배나 되었던 프랑스군을 격파했던 흑태자 에드워드였다.

프랑스의 기사들은 수차례 돌격을 감행했지만 아무것도 해보지 못하고 몰살당했다.

'뮈라를 제외하면 기병 전술로 내게 낭패를 준 녀석은 없었다.'

흑태자 에드워드는 재빨리 병력을 재편하기 시작했다.

상대가 기사, 석궁병, 방패병으로 군대를 조직하려 하고 있었다.

이쪽도 엔프 슈터, 엑프 스나이퍼만으로는 부족했다.

흑태자 에드워드는 테크 트리를 밟기 시작했다.

생명의 나무가 1차 생장을 완료하자 엘프 가드를 소환할 수 있게 되었다.

[엘프 가드 : 검과 방패를 든 엘프 전사입니다. 스승의 나무 건설, 생명의 나무의 1차 생장 완료 등의 조건이 충족되어야 소환 가능합니다.]

엘프 가드로 부족한 근접전 능력을 보충했다.

물론 엘프 가드만으로는 강력한 돌격을 구사하는 기사들을 막기 어려웠다.

생명의 나무가 1차 생장을 완료하자, 스승의 나무에서 개발할 수 있는 기술이 하나 더 생겼다.

바로 '은신술'이었다.

은신술 개발이 완료되면 엘프 가드를 엘프 어쌔신으로 승급시킬 수 있다. 엘프 슈터를 엘프 스나이퍼로 승급시켰듯이 말이다.

[엘프 어쌔신 : 엘프 가드에게 은신술 교육을 시켜 은밀한 암살자로 교육시켰습니다. 방패를 쓰지 않아 방어력이 더 낮아졌지만, 대신 10초간 모습을 감추는 '은신술'을 발휘할 수 있습니다. 은신술은 60초마다 한 번씩 쓸 수 있습니다.]

흑태자 에드워드의 구상은 바로 이 네 가지 병과의 조화였다.

엘프 슈터, 엘프 스나이퍼, 엘프 가드, 엘프 어쌔신!

'어디 한번 와봐라. 크레시 전투의 재판을 보여주마.'

비록 싸움에서 피해를 입긴 했지만, 싸움 양상은 아직 팽팽했다.

이신은 초반에 화살탑을 짓는 등 방어에 마력과 시간을 투자

해야 했다. 앞마당 확장 기지는 그 뒤였다.

그에 반해 흑태자 에드워드는 곧바로 앞마당에 마력석 채집장을 건설해 활성화시켰다.

그 마력량의 우위가 있었던 덕분에 금방 병력을 보충할 수 있었던 것이다.

흑태자 에드워드는 마련된 병력을 제1전장 아스테이아의 중앙 지역으로 보내 방어선을 펼치게 했다.

그리고 11시의 마력석이 밀집된 곳에 새로운 마력석 채집장을 건설하기 위해 어린 엘프를 보냈다.

하지만 그때부터가 수난의 시작이었다.

[적의 공격을 받았습니다!]

콰직!

"끄악!"

홀연히 말을 타고 나타난 기사 1기가 새로운 마력석 채집장 건설을 위해 보낸 어린 엘프를 사살했다.

덕분에 새 마력석 채집장 건설이 지체되었다.

눈살을 찌푸린 흑태자 에드워드는 다시 어린 엘프를 보냈다.

이번에는 엘프 슈터들을 호위로 딸려 보냈다.

하지만…….

콰지직!

"악!"

이번에는 기사 2기가 출몰해 어린 엘프를 단숨에 죽였다.

엘프 슈터들이 화살을 쏘며 응전했지만, 기사들은 볼일이 끝났다는 듯 유유히 떠나 버렸다.

그중 한 놈은 다른 기사와 달리 롱 소드와 칠흑빛의 갑옷으로 무장한 걸 보니 무기와 방어구를 부여받은 사도가 분명했다.

'귀찮게 만드는군.'

흑태자 에드워드는 도리어 미소를 지었다.

계속 짜증나게 신경을 건드려 오판을 하도록 유도하려는 술책이다.

그런 상대의 의도를 읽자 짜증보다는 제법이라는 생각이 들었다.

상대의 실력을 쾌히 인정할 줄 아는 흑태자 에드워드였기에 할 수 있는 평정심이었다.

하지만 그는 틀렸다.

그냥 신경을 건드리려는 도발 정도가 아니었다.

작은 피해를 계속 누적시키고 또 누적시켜서 끝내 무너지게 만드는, 이신의 무차별 견제 플레이가 시작된 것이었다.

흑태자 에드워드는 이신의 방해를 받았지만 무사히 11시 지역에 생명의 나무를 심었다.

생명의 나무가 완성되자, 본진과 앞마당에서 일하던 어린 엘프 13명을 11시로 이동시켰다.

그런데 바로 그때였다.

[적이 출현했습니다!]

'뭐?!'

기사 4기가 나타났다.

기사 4기는 11시의 새 마력석 채집장으로 이동하던 어린 엘프들을 그대로 덮쳤다.

'안 돼!'

흑태자 에드워드는 중앙 지역에 배치한 병력을 물려서 기사들의 만행을 막고자 했다.

하지만 이미 늦었다.

"돌격!"

롱 소드를 들고 있는 이신의 사도로 보이는 기사가 명령을 내렸다.

일렬로 선 기사 4기가 그대로 공격력을 증폭시키는 기술 돌격을 감행했다.

"끄악!"

"으아악!"

"아악!"

어린 엘프 13명은 삽시간에 몰살당했다.

큰 피해였다.

'놈들을 모두 사냥해라. 특히 저 롱 소드를 든 놈은 상대의 사도다.'

엘프 병력들이 넓게 포위망을 펼친 채 기사 4기를 몰이사냥했다.

기사 4기는 12시 지역으로 도망쳤지만 더 이상 달아날 곳은 없었다.

그런데 포위망이 좁혀졌을 때, 보이는 건 기사 2기뿐이었다.

'다른 2기는?'

의문은 곧 풀렸다.

[적이 출현했습니다!]

…열기구였다.

아마도 기사 2기를 태웠으리라 생각되는 열기구가 흑태자 에드워드의 진영에 나타났다.

열기구는 그의 진영을 횡단, 앞마당과 본진에 기사를 1기씩 떨어뜨렸다.

두 기사는 각자 흑태자 에드워드의 마력석 채집장을 휘저으며 어린 엘프들을 사살했다.

"아악!"

"윽!"

'안 돼!'

흑태자 에드워드는 정신이 하나도 없었다.

급히 병력을 회군시켜 앞마당 마력석 채집장을 깽판 놓는 기사부터 처치했다.

본진에서 활개 치던 기사는 얄밉게도 다시 열기구를 타고 달아나버렸다.

하필이면 롱 소드와 칠흑빛 갑옷으로 무장한, 이신의 사도였다.

그는 더 이상 상대의 재치에 미소를 지어줄 수가 없었다.

그럴 아량도 여유도 더 이상 남아 있지 않았다.

심지어 그가 견제를 받고 잠시 병력을 물린 틈을 타, 이신의 군대가 잽싸게 진군해 중앙 지역을 장악하였다.

흑태자 에드워드는 끝내 인내심의 한계를 느꼈다.

가슴속 깊은 곳에서 분노가 차올랐다.

제6장

라스베이거스

어린 엘프를 다수 잃은 흑태자 에드워드는 이제 매우 불리한 상황에 놓였다.

마력 채집 양에 격차가 벌어졌다.

시간이 흐르면 그것은 고스란히 병력 격차로 나타날 터였다.

시간이 자신의 편이 아님을 아는 흑태자 에드워드는 승부에 나섰다.

아직 병력 규모가 비슷한 지금 결판을 짓지 않으면 가망이 없다는 판단이었다.

문제는 이신도 그 같은 판단을 했다는 점이었다.

이신은 싸워주지 않았다.

건곤일척의 승부를 내려고 총병력을 끌고 나왔다가도 막상 흑태자 에드워드의 병력이 다가오면 후퇴하며 애간장을 태웠다.

그렇게 전진과 우회와 후퇴를 반복하며 이목을 끄는 사이에도 견제는 계속되었다.

서너 기의 기사가 빠르게 달려가 11시 마력석 채집장을 습격했고, 그걸 물리쳤나 싶으면 1시 본진에 나타난 열기구가 석궁병들을 드롭했다.

석궁병들은 어린 엘프들을 다시 사살하며 그렇지 않아도 적은 흑태자 에드워드의 마력 공급에 치명타를 안겼다.

그처럼 상대의 시야에 닿지 않는 루트를 귀신같이 찾아내 찔러넣는 견제 플레이는 이신의 성명절기와도 같았다.

노이로제에 걸릴 정도로 견제에 시달린 흑태자 에드워드는 이신의 본진을 향해 진격을 개시했다.

이신은 유리한 고지에서 병력을 포진한 채 기다리고 있다가 맞아 싸웠다.

선택권이 없는 흑태자 에드워드는 지리적인 불리함을 떠안고도 싸울 수밖에 없었다.

학익신으로 포진한 이신은 흑태자 에드워드의 공격을 기다렸다가 양익을 넓게 펼쳐 삼면(三面)에서 난타했다.

아이러니하게도 그것은 푸아티에 전투와 비슷한 양상이었다.

높은 고지에서 투석기가 바위를 날려댔고, 흑태자 에드워드 측은 그걸 맞아가며 오르막을 올라 공격을 해야 했다.

그럼에도 흑태자 에드워드는 분전을 했다.

그는 자신이 보유한 사도 중 엘프 가드에게 빙의하여서 직접 앞장서서 싸웠다.

하지만 그의 용맹으로도 결국 방어선은 뚫리지 않았다.

많은 마력을 보유한 이신은 후속 병력을 계속 소환해 충원했다.

더 이상 가망이 없자 흑태자 에드워드는 두 눈을 질끈 감았다.

[악마군주 데카라비아 님의 계약자 우드스톡의 에드워드 님께서 패배를 선언하셨습니다. 악마군주 그레모리 님의 승리입니다.]

[악마군주 그레모리 님께서 마력 5만을 획득하셨습니다.]

[마력 총량 17만 9천으로 악마군주 그레모리 님께서 서열 67위가 되셨습니다.]

[마력 총량 73,750으로 악마군주 데카라비아 님께서 서열 71위가 되셨습니다.]

몸통을 이루고 있는 데카라비아의 거대한 얼굴이 낙담으로 가득 물들었다.

5만 마력의 큰 패배라 분노할 겨를도 없이 충격에 빠진 모양이었다.

이신은 말을 잃은 데카라비아에게 가볍게 툭 내뱉었다.

"소원은 마력으로."

데카라비아가 부리부리한 눈으로 무섭게 노려보자 슬쩍 그레모리의 뒤로 피하는 이신이었다.

결국 데카라비아는 마력량의 1%에 해당하는 737마력을 이신에게 넘기고는 흑태자 에드워드와 함께 사라졌다.

총 797마력을 보유한 이신은 일단 그것을 쓰지 않고 놔두기로 했다.

*   *   *

비행기 안에서 이신은 깨어났다.

전면의 터치스크린을 조작해서 비행시간을 확인해 보니 아직 도착하려면 열 시간이나 더 가야 했다.

이신은 방진호 감독이 정리해 줬던 자료를 보며 시간을 보냈다.

비교적 마이클 조셉의 스타일에 대해 잘 정리되어 있었다.

슥 훑어보며 대강 마이클 조셉에 대해 파악한 이신은 노트북을 꺼내 다운로드 받아놓은 경기 영상을 보며 직접 확인했다.

빠르나.

마이클 조셉의 플레이는 그렇게밖에 표현할 길이 없었다.

반응이 매우 빨랐다.

적을 발견했을 때 그 자리에 있는 자기 유닛을 컨트롤하기까지 1초도 걸리지 않는다.

그런 반사 신경이 30분이 넘어가는 장기전의 후반에서도 고스란히 발휘된다는 점이 무서웠다.

'젊어서 그런가.'

마이클 조셉의 나이는 만 18세. 한국 나이로 19세. 이신과는 여섯 살이나 차이가 나는 어린 선수였다.

나직이 한숨이 나왔다.

이신이 스페이스 크래프트를 처음 시작한 건 고등학교 3학년 때의 일이었다.

증조부는 일제강점기 때 재산을 풀어 학당을 짓고 아이들을 가르치던 훌륭한 교육자였다.

이신의 할아버지도 명문 대학의 저명한 교수로 학회에서 활약했고, 그런 후광에 힘입어 아버지 또한 젊은 나이부터 대학 교수로 임명되어 엘리트 코스를 밟았다.

그렇게 유서 깊은 교육자 집안인 탓에 학업에 대한 기대치가 높았고, 이신은 대학 입시에 많은 스트레스를 받아야 했다.

그래도 해야 할 본분이기에 공부를 하는 데 불만은 없었다.

하지만 문제는 스페이스 크래프트였다.

게임을 처음 접한 이신은 실시간 전략 게임의 매력에 푹 빠져버렸다.

헤어 나올 수 없는 중독처럼 게임에 미쳐 살기 시작했다.

그 탓에 수능 점수는 부모님의 기대치를 한참 밑돌았고, 간신히 서울 소재의 4년제 대학에 갈 정도는 되었지만 집안에서는 재수를 하라고 강권했다.

하지만 고등학교를 졸업하고 성인이 된 이신은 더 이상 강압적인 아버지의 눈치를 볼 필요가 없어졌다.

때마침 프로 팀의 연습생으로 발탁이 되자 이신은 비로소 프로게이머가 되겠다는 의사를 밝히고는 노발대발하는 아버지에게서 도망치듯 프로 팀 숙소로 들어가 버렸다.

연습생으로 지낸 기간은 채 몇 개월 되지 않았다.

2군 선수였던 적도 없었다.

그러기엔 이신은 지나치게 천재적이었다.

이미 자기만의 독창적인 스타일을 완성시킨 상태라 아무도 가르칠 게 없었다. 또한 아무도 이신을 이기지 못했다.

그러고는 탄탄대로였다.

중간에 불미스러운 습격 사건으로 손목 부상을 입었지만 이렇게 다시 복귀했다.

하지만 때때로 아쉬움이 들었다.

만약에 중학생 때부터 게임을 했으면 어땠을까?

다른 어린 신인 선수들처럼 중고등학생 때 프로 생활을 시작했더라면 어땠을까?

그럼 10대 중반부터 20대 초반까지, 프로게이머로서의 전성기의 절반 이상을 공부로 보낼 필요도 없었을 디었다.

지금보다 더 많은 업적을 쌓을 수 있었을 것이다.

마이클 조셉은 바로 그런 상상을 실현시키고 있었다.

그 나이에 벌써 선수 생활이 3년 차였던 것이다.

"젊어서 좋겠다."

저도 모르게 튀어나온 말이었다.

"하하하!"

그런데 문득 옆에 앉은 중년 사내가 웃음을 터뜨렸다.

이신이 쳐다보자 중년 사내가 손을 들며 사과했다.

"미안해요. 하하, 그래도 한창 젊은 분이 그런 소릴 하시니까."

"이해합니다."

"나름 고충이 있을 텐데 미안해요."

"괜찮습니다."

"아무튼 이제야 인사하게 됐네요. 박진용이라고 해요."

"이신입니다."

박진용이라 불린 사내는 명함을 건네며 악수를 청했다.

이신은 줄 명함이 없었으므로 그냥 악수만 받았다.

명함에는 세계적인 스포츠 브랜드 아레스의 한국 지사 부사장이라고 적혀 있었다.

"라스베이거스로 가시는 거죠?"

"예."

"저도 LA에 있는 본사로 가는 길이에요. LA에 자주 가곤 하는데 거기서도 이신 선수의 인기는 대단해요."

"감사합니다."

두 사람은 대화를 몇 마디 더 나눴는데, 주로 박진용 부사장이 질문하면 이신이 대답하는 식이었다.

"이신 선수가 복귀해서 그런지 요즘 한국에서도 주춤했던 e스포츠가 다시 상승세예요. 우리도 프로리그 후원을 검토하고 있고 여러 가지로 그쪽에 투자해 볼 생각이 있어요."

"혹시 프로 팀 창단도 생각하십니까?"

"하하, 그렇게까지 적극적이지는 않아요."

e스포츠에 대한 이야기가 나오자 금방 끝날 것 같았던 대화는 의외로 더 길어졌다.

"라스베이거스에서 경기를 치르면 굉장히 많은 사람이 관람하겠네요."

"그렇다고 들었습니다."

"그렇게 많은 관중 앞에서 경기를 치르는데 긴장은 안 되세요?"

"안 됩니다."

"하하, 한국에서보다 관객도 훨씬 많고 미국은 반응도 훨씬 격렬할 텐데. 분위기가 많이 다를 거예요."

이신은 어깨를 으쓱했다.

"게임을 할 땐 결국 전 혼자입니다. 아무도 제게 승리를 가져다주지 않아요. 그래서 아무 상관도 안 합니다."

"흐음, 그렇군요."

박진용 부사장은 이신을 유심히 바라보았다.

이신은 곧 그에게서 신경을 끄고 나이를 크랩의 경기 영상에 집중했다.

LA국제공항에서 입국 수속을 마쳤다. 라스베이거스행 비행기로 환승하기까지 한 시간가량 여유가 있었는데, 그동안 미국 프로리그협회가 붙여준 가이드를 만났다.

유혜진이라는 젊은 한국 여자였는데, 미국에 유학을 갔다가 그대로 정착해 버린 케이스였다.

물론 그녀가 어떤 사람인지 이신은 전혀 관심이 없었다.

한 시간 뒤에 두 사람은 함께 라스베이거스행 비행기에 몸을 실었다.

*   *   *

라스베이거스에 도착하자 스포트라이트가 쏟아졌다.

사방에서 쏟아지는 카메라 플래시와 함성에 이신은 정신이 없었다.

남녀를 가리지 않고 젊은 팬들이 모여들어 사인을 요청했다. 한인들도 많이 모여든 까닭에 한국말로 된 응원 소리도 들을 수 있었다.

다행히 미국 협회 측에서 미리 보낸 직원들 덕분에 이신은 간신히 그 인파로부터 몸을 뺄 수 있었다.

'이렇게 많다고?'

이신은 의외로 미국에도 자신의 팬들이 많아 깜짝 놀랐다. 이렇게 뜨겁게 환영을 받을 줄은 미처 몰랐다.

사실 세계 e스포츠의 정점에서 몇 년째 군림했던 이신이었기에 세계적인 인지도는 당연했지만 월드 SC 그랑프리 때 외에는 외국에 나갈 일이 없었던 이신은 이런 현실을 전혀 모르고 있었다.

협회 측에서 미리 준비한 기자회견장에서 기자회견을 가졌다.

통역사 유혜진이 기사들의 질문을 하나씩 통역해 주었다.

"미국에 오신 소감이 어떻습니까?"

"정신없습니다."

웃음이 터져 나왔다.

"환영 인파를 보셨다시피 미국의 모든 e스포츠 팬들이 당신을 기다렸습니다. 그들에게 인사 한 말씀 부탁드립니다."

"환영 감사하고 좋은 경기 보여주겠습니다."

계속되는 질문에도 이신은 거의 간략한 대답으로 일관했다.

그러다가 마이클 조셉에 관한 질문이 나왔다.

"마이클 조셉에 대해 어떻게 생각하십니까?"

"젊어서 부럽다고 생각합니다."

또다시 기자회견장이 웃음바다가 되었다.

"마이클 조셉에 대해 어떻게 생각하는지 좀 더 많은 의견을 듣고 싶습니다."

이에 이신은 곰곰이 생각하다가 입을 열었다.

"얼마 전 월드 SC 그랑프리 개인전에서 마이클 조셉이 펼치는 경기를 쭉 보았습니다. 월드 SC 그랑프리에서 본 선수들 중 최고의 재능이라고 생각합니다."

그러자 이신의 단답형 답변에 지쳐 있던 기자들의 반응이 갑자기 뜨거워졌다.

"개인전에서 두 명의 한국 선수가 은메달과 동메달을 획득했는데 그들보다 마이클 조셉 쪽의 재능을 더 좋게 평가하는 겁니까?"

"예."

거리낌 없는 단답형.

거침없이 솔직한 이신의 성격을 파악한 기자들은 점점 다채로운 질문을 하기 시작했다.

"마이클 조셉과의 일전을 앞두고 있는데 누가 이길 것 같습니까?"

"팽팽한 승부가 될 것 같아 결과는 장담 못 합니다."

"마이클 조셉 선수의 재능을 최고라고 칭찬하셨는데요. 그렇다면 이신 선수 본인과 비교하면 어떻습니까?"

이신은 또다시 진지하게 생각하다가 말했다.

"저랑 비교할 급은 아닌 것 같습니다."

이신은 립서비스를 할 줄 몰랐다.

이신의 기자회견 영상은 미국과 한국은 물론 세계 각국에 퍼져 나갔다.

미국의 e스포츠 팬들은 드디어 이신이 자기들의 나라를 방문했다는 사실에 고무되었고, 다른 나라에서는 그걸 질투하는 반응이 다분했다.

본래 이신은 아무리 돈을 많이 준다고 해도 좀처럼 오지 않는 귀하신 몸이었던 것.

—제기랄, 대체 얼마를 준다고 했기에 카이저가 미국에 간 거야? 우리 중국은 미국보다 돈을 많이 못 부른 거야?

—어이, 신! 바로 옆 나라라고. 미국 갔다가 우리 캐나다도 좀 와!

—우리 일본은 바로 한국의 이웃나라야. 배를 타고도 올 수 있는 곳이라고! 그것도 귀찮다고 안 오는 인간이 라스베이거스까지 가다니!

—어이, 위에 일본 친구. 너희는 가까운데 그냥 너희들이 한국 가서 이신의 경기를 보면 되잖아? 신(God)께 감히 오라 가라 하는 거 아니야.

—신께서 미국에 강림하셨다! 그리고 난 라스베이거스 개막전 티켓을 손에 넣었지!

—그 티켓 1,000달러에 내게 팔아.

—2,000달러.

—맙소사, 마이클 조셉과 카이저의 대결이라니! 그걸 현장에서 직관할 수 있는 놈들은 얼마나 축복을 받은 거야?

—하하하! 라스베이거스 공항에서 죽치고 있던 보람이 있었어. 난 그의 사인을 받았다고!

—내가 여자 친구에게 라스베이거스 놀러가자고 죽자 살자 졸라댄 이유가 있었지! 티켓은 못 구했지만 이신을 직접 본 걸로 만족할래.

—그의 인터뷰 봤어? 웃기던데. 정말 이신다웠어. :D

—오만한 것 같은데 잘난 척하는 것 같지 않아서 더 웃겨.lol

—기자 : 마이클 조셉의 재능을 당신과 비교하면 어떻습니까? 이신 : 피식.

—카이저께서 황송하게도 마이클 조셉을 칭찬해 줬으면 됐잖아. 조셉이 잘하긴 하지만 카이저와 비교하다니, 바랄 걸 바라라고.

—그래도 팽팽한 승부가 될 거라고 하잖아. 그는 빈말을 하지 않으니까 정말 치열할 거야.

—그 승부에 너무 심하게 의미를 두지 마. 그냥 이벤트잖아.

―그래도 카이저는 지는 걸 매우 싫어하는데, 사력을 다하겠지?

―갑자기 성사된 매치야. 카이저는 아무런 준비도 하지 못하고 불려왔잖아! 반면 마이클 조셉은 거의 선수 생활 내내 카이저를 분석하고 공부했지. 불공평한 대결이야.

―설사 카이저가 지더라도 그의 명성에 금이 가지는 않아. 난 그저 멋진 게임이 되었으면 좋겠어.

―개인적으로 그의 개인 화면만 방송에 잡아줬으면 좋겠어. 그가 어떤 식으로 플레이를 하는지 알고 싶어. 보고 참고하면 내 실력도 늘겠지?

―부대 지정이나 화면 지정 등을 어떻게 지정하는지 알고 싶긴 해.

―어이어이, 그런 걸 따라한다고 실력이 느는 건 아니야. 그랬으면 모든 선수가 그의 지정키를 따라했겠지.

―실제로 악착같이 따라하는 녀석들 많잖아? 그중에는 성공한 놈들도 있고. 마이클 조셉이라든지, 엔조 주앙이라든지……

이 같은 해외의 반응은 한국의 네티즌들이 번역해 나르면서 국내 팬들을 즐겁게 했다.

*　　　　*　　　　*

"먼저 첫 번째 맵은 신성한 잔흔입니다."

TC, 팀 크라이시스의 전략회의실.

젊은 백인 남성이 프레젠테이션을 하고 있었다.

뚱뚱한 중년의 백인과 앳된 얼굴의 흑인 청년이 프레젠테이션을 경청하고 있었다.

"일반적으로 카이저가 이 맵에서 택하는 전략은 2기갑 빌드의 빠른 견제입니다. 하지만 최근은 거의 쓰이지 않고, 얼마 전에 유출된 그의 리플레이 영상을 보아 1기갑 더블을 택할 가능성이 높습니다."

"예전 스타일을 어느 정도 유지하지만 그때처럼 극단적이지는 않다는 것이군."

"그렇습니다."

2기갑 빌드는 시작부터 기갑정거장 2개를 지어서 고속전차나 기동포탑을 뽑아 공격에 나서는 형태였다.

앞마당 확장 기지를 늦게 가져가기 때문에 상대를 공격해 타격을 입히지 못하면 자원 면에서 불리해지는 배수진 같은 전략이었다.

반면에 1기갑 더블은 기갑정거장을 하나만 짓고 확장 기지를 가져가는 빌드 오더였다.

2기갑보다는 그래도 빨리 확장 기지를 가져가므로 어느 정도는 후반을 바라본다고 봐야 했다.

물론 가장 정석적이고 일반적인 빌드 오더는 바로 1병영 더블.

병영 하나 짓고 바로 확장 기지를 가져가는 빌드 오더였다. 일단 자원 확보부터 빨리 해서 후에 병력을 대량 생산하겠다는 전략이었다.

"1병영보다는 1기갑 더블이라. 초반의 주도권은 손에 놓지 않으려는 것이군."

"예. 때문에 견제가 들어올 것은 분명합니다. 지난 투지에서의 인류 대 인류전 전적을 통틀어 견제 패턴을 통계해 보면……."

팀 크라이시스의 전략팀은 이신을 굉장히 치밀하게 분석하고 대응 전략을 내놓고 있었다.

신성한 잔흔.

투지.

유혈의 권좌.

세 가지 맵을 집중적으로 분석하면서 최적화된 대이신 전략을 발표하고 있었다.

그들은 이미 오래전부터 이벤트 매치를 준비해 왔다.

어떤 맵이 쓰일지도 미리 통보받고 전략팀이 대대적으로 준비를 해오고 있었다.

사실 이번 이벤트 매치 자체가 팀 크라이시스가 기획하고 협회에 밀어 개최한 것이었다.

메달을 따내지 못해 빛을 바랜 마이클 조셉의 스타성을 이번 이벤트 매치를 통해 다시 부각시키고자 함이었다.

"카이저 측은 특별한 전략을 준비하지 않았을 겁니다. 공식전이 아니니만큼 무난한 패턴을 보이겠지요."

젊은 백인 사내, 팀 크라이시스의 전략팀장 잭의 말에 마르케스 감독은 고개를 끄덕였다.

"그만큼 우리가 준비한 전략이 성공을 거둘 확률이 높겠군."

그러나 흑인 청년은 두 사람의 대화를 탐탁지 않게 바라보고 있었다.

흑인 청년의 이름은 마이클 조셉.

바로 포스트 이신을 꿈꾸는 미국의 신성이었다.

"이건 불공평한 게임이 아닌가요? 그는 우리와 달리 맵을 통보받지도 못했잖아요. 준비할 시간도 갖지 못했고요. 그걸 이긴다고 해도 명예롭지 않아요."

"조셉."

마르케스 감독이 진지한 눈으로 그를 응시했다.

"네 기분은 이해하고말고. 넌 그처럼 위대한 스타가 될 수 있고, 우리가 그렇게 만들 테니까."

"지금은 아니라고요?"

아니라고 못 박고 싶었지만, 마르케스 감독은 그러지 않았다.

감독의 가장 중요한 책무는 선수에게 자신감을 심어주는 것이었다.

마르케스 감독이 말했다.

"카이저의 전성기 시절에 한국에서 그의 유일한 라이벌이라 칭해지던 선수가 있었다."

"한 말이죠."

"그래. 비공식전에서 그는 카이저를 상대로 4할의 승률을 기록했다고 한다. 그래서 이단자라는 별명을 얻었지."

10번 싸워서 4번은 이긴다는 뜻이니 그 당시 카이저의 카리스마를 생각하면 대단한 일이었다.

"하지만 공식전에서 그의 승률은 2할도 되지 않는다. 이유가 뭘까?"

"카이저가 철저히 전략을 준비했기 때문이 아닌가요?"

"그래. 준비된 카이저와 준비되지 않은 카이저는 전혀 다른 사람이야. 컨트롤, 피지컬, 멀티태스킹, 정신력, 모든 게 완벽한데 심지어 탁월한 전략가거든. 그의 전략에 말려서 실력을 발휘할 기회도 갖지 못하고 패한 선수가 한둘이 아니야."

마르케스 감독은 마이클 조셉의 어깨를 툭툭 쳤다.

"조급해하지 말고 천천히 가자고. 일단은 너의 장점으로 카이저를 꺾는 것을 팬들에게 보여주는 거야. 이번 매치는 우리가 제2의 카이저를 키워내는 데 성공했다는 것을 증명하는 자리야."

마르케스 감독은 프레젠테이션 화면을 가리켰다.

"모든 준비가 끝났어. 네가 승자가 될 조건이 모두 충족됐지. 넌 준비된 무대에 올라가 승자가 되기만 하면 돼."

"…알았어요."

"정정당당히 그를 꺾고 최고의 자리에 오르는 건 내년 월드 SC 그랑프리로 미루자고."

탐탁지 않았지만 마이클 조셉은 순순히 수긍했다.

＊　　　　＊　　　　＊

라스베이거스에 도착한 다음 날, 바로 미국 프로리그 개막식이 열렸다.

도착하자마자 숨 돌릴 틈도 없이 이벤트 매치를 하는 것이었다.

너무 서두르는 감이 없지 않았지만, 프로리그 시즌 중에 오랫동안 한국을 비울 수 없었기 때문에 일정을 타이트하게 잡을 수밖에 없었다.

—신사 숙녀 여러분, 라스베이거스에 오신 것을 환영합니다!

무대에 나온 사회자의 인사에,

"와아아아!"

"우오오오!"

관객들의 함성 소리가 쩌렁쩌렁하게 울려 퍼졌다.

MGM 그랜드 가든 아레나.

MGM 호텔의 경기 시설에 관객이 가득 찼다.

미국 e스포츠 프로리그의 개막식은 성대하게 치러졌다.

내로라하는 팝스타들이 축하공연에 초청되어 경기장의 열기를 뜨겁게 달궈주었다.

개막전에서 붙게 된 두 팀의 선수들이 입장해서 인터뷰를 통해 승리에 대한 각오 등을 보였다. 양 팀의 팬들이 팀을 응원하며 열광했다.

그리고 미침내 이벤트 배치의 순간이 다가왔다.

돌연 경기장이 어두워졌다.

그리고 대형 스크린에 영상이 재생되었다.

마이클 조셉의 소개 영상이었다.

지난 개인리그에서 우승을 차지한 경기들과 월드 SC 그랑프리에서 파죽지세로 4강까지 올라갔던 경기들의 하이라이트가 잇달아 선보였다.

이윽고 마이클 조셉이 무대에 나타났다. 스포트라이트가 그에게 쏟아지자 관객들이 환호하며 그의 이름을 불렀다.

"Joe! Joe! Joe!"

"Joe! Joe!"

자신의 애칭을 외치는 팬들에게, 마이클 조셉은 손을 흔들고 웃으며 화답했다.

그리고 이번에는 다른 영상이 나타났다.

웅장한 음악이 내리깔리면서 순간 모든 관객들이 영상에 압도되었다.

—가장 힘든 상대가 있었다면 누구를 꼽고 싶습니까?

—없습니다.

—네?

—힘든 상대가 없었습니다.

처음 출장한 월드 SC 그랑프리 개인전에서 무패로 금메달을 차지한 뒤의 인터뷰였다.

그 인터뷰가 영어 자막과 함께 임팩트 있게 영상을 채웠다.

그리고 이어지는 이신의 역대 명경기 하이라이트들!

월드 SC 그랑프리에서 금메달을 획득하는 장면이 세 번이나 나타나고, 도저히 이길 수가 없다는 한탄조의 뉴스 헤드라인이 잇달아 스쳐 지나갔다.

세계 e스포츠에서 이신이 어떤 존재인지 똑똑히 보여주는 소개 영상이었다.

스포트라이트를 받으며 이신이 입장하자 아까보다 훨씬 더 큰 함성이 울려 퍼졌다.

"Lee Sin!!"

"Sin! Sin! Sin!"

"Kaiser! Kaiser!"

관객들의 엄청난 열광에 이신은 살짝 놀란 얼굴을 했다.

미국의 관중들은 한국보다 훨씬 뜨거웠고, 매우 열광적으로 그의 미국 방문을 환영하고 있었다.

지금껏 받아본 가장 격렬한 관객들의 환호였다.

긴장할 만도 하건만, 이신은 다시 평상심을 되찾은 듯 무표정이었다.

마이클 조셉과 이신은 서로를 마주보며 악수를 한 뒤 말없이 각자의 부스로 향했다.

사회자가 큰 소리로 말했다.

─자, 여러분들이 가장 기다려온 매치가 마침내 시작됩니다! 지난해 개인리그 우승에 빛나는 신성 마이클 조셉! 그리고 말이 필요 없는 카이저! 과거와 현재의 제왕이 드디어 오늘! 이 자리에서 한 판 승부를 겨룹니다!

사회자가 큰 소리로 관객들의 흥을 돋우는 동안, 이신은 방음 처리된 부스 안에서 장비를 세팅했다.

바깥의 소음들이 들리지 않았다.

마우스 감도를 테스트해 보면서 이신은 정신을 집중했다.

"게임을 할 땐 결국 전 혼자입니다."

문득 비행기 안에서 만난 박진용 지사장과 했던 대화가 떠올랐다.

"아무도 제게 승리를 가져다주지 않아요."

이신은 조용히 눈을 감았다.
마음을 날카롭게 벼르듯이 집중력을 끌어올렸다.
자신의 손으로 직접 승리를 거머쥐기 위해서였다.

제7장

한계

    이신과 마이클 조셉이 각자 장비 세팅과 테스트 플레이를 하는 동안, 관객들에게는 두 선수의 사전 인터뷰 영상이 대형 화면에 방영되었다.

    —마이클 조셉을 어떻게 생각하나.

    —회견 때도 말한 것 같다. 재능 있는 선수다.

    —그는 이미 미국 최고의 프로게이머다. 재능이 있다는 말은 앞으로 더 발전할 수 있다는 건가?

    —그렇다.

    —그렇다면 당신은 어떤가? 당신도 과거의 모습보다 더 발전할 수 있나?

    —예전보다 떨어진 부분이 분명히 있고, 더 발전된 부분도 있다.

―준비한 전략이 있다면?

―급히 와서 준비한 게 아무것도 없다. 어차피 이벤트 매치라서 큰 의미를 두지 않는다.

그리고 마이클 조셉의 인터뷰로 영상이 전환되었다.

―카이저에게 도전한다. 기분이 어떤가?

―떨리고 흥분된다. 이렇게 그에게 도전할 날을 기다리고 있었다.

―당신의 플레이 스타일은 카이저와 매우 흡사하다.

―맞다. 그처럼 하기 위해 많은 노력을 했다.

―그게 효과가 있었나?

―물론이다. 카이저와 100% 똑같이 따라하는 건 불가능했지만, 대신 나만의 스타일로서 발전되었다.

―이번 승부를 어떻게 생각하나?

―내가 그동안 얼마나 발전했는지를 알 수 있는 척도라고 생각한다. 반드시 그를 꺾고 이제는 내가 최고라는 것을 증명하겠다.

그리고 화면이 양문되면서 인터뷰를 받고 있는 이신과 마이클 조셉이 동시에 나타났다.

―갑작스럽지만 승리 수당이 생겼다.

인터뷰를 진행하는 사회자의 목소리가 의미심장하게 울려 퍼졌다.

―승리 수당?

―그런 게 있었나?

의아해하는 이신과 마이클 조셉.

사회자가 말했다.

—승자에게 100만 불의 추가 수당이 주어질 것이다.

"와아아아아—!!"

관객들이 환호성을 터뜨렸다.

이벤트에 불과했던 대결에 승부욕을 부여하기 위해 협회 측에서 즉흥적으로 내린 결정이었다.

—누가 승자가 되어 그것을 차지할지 기대하겠다.

그리고 마침내 1세트 경기가 시작되었다.

1세트 맵은 신성한 잔흔이었다.

*　　　　　*　　　　　*

방진호 감독을 비롯한 MBS 전 팀원들이 연습실 중앙에 설치한 스크린화면을 주시하고 있었다.

스크린화면으로 미국 e스포츠 프로리그 개막식 이벤트 경기가 시작되고 있었다.

온라인 관람권으로 이신과 마이클 조셉의 대결을 보는 것이었다.

"한다!"

"와, 식은땀 나네. 누가 이길까."

"이긴 사람한테 승리 수당 100만 불이래. 말이 되냐, 이게?"

"이기면 완선 내박이다!"

주디가 통역을 해준 덕분에 모두들 인터뷰 내용을 알고 흥분해 있었다.

승리 수당 100만 불!

이신에게는 아무렇지 않은 금액인 듯 별달리 흥분한 기색이 없었다.

하지만 그것은 대결을 지켜보는 이들을 조마조마하게 만들고 있었다.

이긴 사람에게 100만 불.

진 사람은 승리 수당 없음.

이기든 말든 아무래도 좋은 이벤트 매치의 승패에 강렬한 의미를 부여한 것이었다.

"저 새끼들 치사하게 나오네."

방진호 감독이 인상을 썼다.

마이클 조셉 측은 사전에 어떤 맵에서 싸우는지 알고 전략을 철저하게 준비했을 것이다.

방진호 감독은 확신했다.

'녀석들은 옛날부터 유독 이신을 특별하게 생각했으니까.'

미국은 이신을 동경하면서 동시에 라이벌 의식을 많이 느껴왔다.

왜냐하면 미국 e스포츠 프로리그가 세계 최대 규모가 되면서 전성기를 맞이했을 때, 월드 SC 그랑프리 개인전에서는 금메달을 구경해 보지도 못했기 때문이다.

단체전에서는 금메달을 땄는데, 개인전은 늘 이신의 차시.

심지어 아무리 높은 조건을 불러도 영입할 수 없었다.

미국에게 이신은 이길 수도, 가질 수도 없는 머나먼 존재였던 것이다.

그걸 이번에 넘어서려는 듯한 의도였다.

일부러 철저히 준비시킨 마이클 조셉과 매치를 시키고, 승리 수당으로 승자와 패자가 극명하게 갈리게 했다. 그만큼 마이클 조셉이 이신을 꺾었다는 것을 큰 의미로 만들고 싶었던 것이다.

저 승리 수당 100만 불로 인해 방진호 감독은 마이클 조셉이 이벤트 매치를 사전에 준비했음을 더욱 확신하게 되었다.

"어, 빌드 갈렸다."

선수들이 말했다.

마이클 조셉은 병영을 짓고 바로 앞마당 확장 기지를 가져갔다.

반면 이신은 병영을 짓고 이어서 기갑정거장을 지었다.

"1병영 더블인데."

"아, 저 형은 또 1기갑 더블 했어."

"왜 저렇게 극단적이래. 그냥 무난하게 좀 가지."

"옛날보단 낫잖아. 예전에는 알고도 못 막는 2기갑이었는데."

앞마당을 먼저 가져간 마이클 조셉 측이 자원상 유리한 건 자명한 일.

하지만 이신이 택한 빌드 오더도 장점이 있었다.

바로 기갑정거장에서 먼저 유닛을 뽑을 수 있다는 점.

민서 기봉보탑을 뽑아 전진시켜 상대의 진영 앞에 자리 잡고 압박할 수 있는 것이다.

'제발 기동포탑 뽑아라. 고속전차 뽑지 마라.'

이신이라면 견제 플레이를 위해 고속전차를 뽑을 가능성도 있었다.

하지만 고속전차를 뽑을 경우, 견제에 성공하지 못하면 급격히 불리해진다.

다행히 이신이 택한 것은 기동포탑이었다.

건설로봇 2기와 보병 4명, 기동포탑 1기가 진군을 시작했다.

마이클 조셉도 앞마당에 참호를 건설하고 보병 4명을 집어넣어 방어를 갖췄다.

그리고 이신보다 늦었지만 기갑정거장에서 기동포탑을 생산하기 시작했다.

싸움은 잠잠하게 전개되었다.

서로 충돌하지는 않았지만, 이신은 마이클 조셉의 앞마당 앞에 참호를 건설해서 아예 자리를 잡았다.

포격모드 개발이 완료되자, 기동포탑이 포격모드로 전환되었다.

병영 건물을 띄워서 상대의 진영에 날려 보냈다.

인류는 건물을 공중에 띄워 이동시킬 수 있는데, 이 점을 이용해 안 쓰는 건물을 띄워 정찰로 쓰고는 했다.

인류 대 인류전에서는 기동포탑이 포격을 할 수 있도록 시야를 밝혀주는 용도로 쓰인다.

계속해서 생산된 기동포탑들이 계속 방어선에 충원되어서 바이클 조셉에 대한 압박이 강화되었다.

그러면서 이신은 앞마당은 물론 12시 지역에 2번째 확장 기지까지 가져갔다.

2번째 확장 기지를 먼저 가져가면 자원상의 불리함이 단숨에 역전되는 셈이었다.

마이클 조셉은 이신의 압박 때문에 앞마당에서 나오지 못해 2번째 확장 기지를 가져가지 못했다. 이대로라면 시간이 흐를수록 이신이 유리해지는 것이었다.

"오, 잘 풀리고 있네."

"미친 듯이 견제 본능 나올 줄 알았는데."

그런데…….

"어?"

방진호 감독이 눈을 부릅떴다.

선수들도 당혹해했다.

마이클 조셉이 항공정거장을 몰래 짓고 스텔스 전투기를 뽑은 것이었다.

기갑정거장을 계속 늘려 짓고 고속전차와 기동포탑을 생산하던 이신은 허를 찔린 셈이었다.

*   *   *

마이클 조셉의 스텔스 전투기를 발견한 건 이상한 낌새를 느껴 테이너를 뿌려 확인한 덕분이었다.

'전략을 잘 짰군.'

이신이 초반부터 압박해 올 거란 걸 예측하고 있었다.

1병영 더블 빌드로 앞마당 확장 기지를 일찍 가져가 자원을 확보하고, 스텔스 전투기로 상대의 압박을 걷어낸다.

참호에 들어간 보병 외에는 공중 공격이 가능한 유닛이 없는 이신이었다.

'이대로 물러서면 수지타산이 안 맞지.'

다행히 일찍 발견했다.

아직 스텔스 모드 개발을 못 했기 때문에 마이클 조셉은 스텔스 전투기를 쓰지 못하고 모으고 있었다.

이신은 즉시 앞마당 앞에 진을 치고 있던 병력을 진격시켰다.

스텔스 모드가 개발 완료되면 압박을 풀고 후퇴할 수밖에 없었다.

그 전에 미리 타격을 입혀 놓겠다는 판단이었다.

퍼퍼퍼펑—

마이클 조셉의 기동포탑들이 접근하는 이신의 병력을 향해 포격했다.

"으악!"

"으악!"

그 포격은 앞장세운 건설로봇들이 다 맞았다.

건설로봇을 방패 삼아 진격한 이신의 기동포탑이 일제히 포격 모드로 전환했다.

퍼퍼퍼펑!

콰콰쾅—!

포격전이 시작되었다.

화력은 기동포탑을 더 많이 보유한 이신의 우세였다.

기동포탑들의 화력지원에 힘입어 고속전차들이 치고 들어갔다.

마이클 조셉은 앞마당 확장 기지에서 일하던 건설로봇들을 모두 본진 안으로 피신시켰다. 통제사령부 건물도 공중에 띄워서 포격에 맞지 않게 했다.

이신의 고속전차들은 특유의 집요함으로 건설로봇들을 여러 기 사냥했다.

하지만 거기까지였다.

스르륵—

스텔스 모드로 자취를 감춘 전투기들이 반격을 개시한 것.

비록 지상 공격에 약한 스텔스 전투기였지만, 대공 수단이 없는 이신은 미련 없이 후퇴했다.

그 와중에도 이신의 고속전차 2기가 비집고 들어가 마이클 조셉의 본진에 침투하는 데 성공했다.

고속전차 2기는 기갑정거장 인근에 지뢰를 매설하고는 휘젓고 들어가 건설로봇들을 사냥했다.

마이클 조셉의 고속전차들도 가만히 있지 않고 반격했지만, 이신은 건설로봇 4기를 사살하는 집요함을 보였다.

하지만 주도권은 이미 마이클 조셉에게 넘어간 뒤였다.

스텔스 전투기가 빠르게 날아다니며 이신의 확장 기지를 습격했다.

이신 역시 뒤늦게 비행 유닛을 뽑아 대응했다.

로켓 프리깃이 나타나자 스텔스 전투기들은 싸우지 않고 일제히 후퇴했다.

로켓 프리깃은 지상 공격이 불가능하다는 단점이 있었지만, 공중전에 있어서는 엄청난 위력을 자랑했기 때문이다.

그때부터는 속도전이 펼쳐졌다.

마이클 조셉은 슬슬 발동이 걸렸는지 고속전차로 종횡무진 맵을 휘젓고 다녔다.

견제, 견제, 견제!

고속전차들이 계속해서 게릴라를 펼치며 이신을 괴롭혔다.

하지만 이신도 가만히 디펜스만 하고 있는 성격이 아니었다.

똑같이 고속전차를 컨트롤해서 서로 맞바꾸는 식으로 마이클 조셉의 확장 기지들을 난타했다.

맵 사방에 지뢰를 매설하고 다니며 이동하는 양측의 고속전차.

마이클 조셉이 스텔스 전투기로 습격을 가하면, 즉각 이신의 로켓 프리깃이 나타나 격퇴했다.

관중들의 환호가 쩌렁쩌렁하게 경기장을 채웠다.

인류 대 인류전이라는 게 믿겨지지 않을 정도로 빠른 템포로 싸우는 두 사람이었다.

경기 템포가 얼마나 빠른지 해설자들도 말로 못 쫓아갈 정도였다.

하지만 빠른 템포가 전혀 줄지 않고 장기전으로 치닫자 이신은 피로감을 느꼈다.

서로의 견제 플레이가 난무하는 격전은 멀티태스킹과 피지컬의 정면승부였다.

마이클 조셉의 공격 속도가 점점 빨라질수록, 이신은 뇌에 과부하가 일어나는 기분이 들었다.

상황 변화가 너무나도 빨라서 점점 쫓아가기가 벅차기 시작한 것이다.

'나도 예전에 이랬었나.'

멀티태스킹과 속도로 상대를 짓눌러 버리는 플레이.

알고도 막을 수가 없는 폭풍 견제.

저 팔팔한 19살짜리 흑인 자식은 지치지도 않는지 더더욱 빠르게 기동하고 있었다.

'안 되겠다.'

이런 식의 소모전은 이신이 밀렸다.

이신은 서둘러 승부에 나섰다.

병력을 가득 태운 항공수송기 6기가 로켓 프리깃의 호위를 받으며 출발했다.

그리고 마이클 조셉의 5시 본진으로 침투해 병력을 투하했다.

항공수송선 6기에서 쏟아져 나오는 어마어마한 병력!

마이클 조셉의 본진이 삽시간에 초토화되기 시작했다.

하지만, 바로 그 순간 마이클 조셉도 기다렸다는 듯이 움직였다.

일제히 전 병력을 움직여 이신의 모든 확장 기지를 습격한 것이다.

이신이 전 병력을 끌고 드롭을 한 빈틈을 노린 반격이었다.

아차, 하는 생각이 들기가 무섭게 마이클 조셉이 다음 행동을 했다.

스텔스 전투기들이 날아와 항공수송선 6척을 모두 격추시켜 버린 것이다.

뿐만 아니라 마이클 조셉의 본진 바깥에도 기동포탑들이 포격모드로 자리 잡고 방어선을 구축했다.

자신의 본진 안에 이신의 병력을 가둬 버린 셈이었다.

'치밀하군. 저쪽 전략팀의 작품인가.'

이신은 쓴웃음을 지었다.

피지컬에서 밀리므로 먼저 결판을 지으러 움직일 거라는 점까지 예측했다면, 정말 무서운 전략팀이 아닐 수 없었다.

싸움은 섬멸전 양상으로 치달았다.

서로의 진영을 파괴시켜서 먼저 섬멸당한 쪽이 패하는 경기였다.

"Joe! Joe!"

"Kaiser! Kaiser! Kaiser!!"

아슬아슬한 양상에 관객들이 목이 터져라 두 선수를 응원했다.

그리고……,

―Kaiser : GG.

1세트는 이신의 패배로 끝나 버렸다.

아슬아슬한 승부였지만, 이신은 자신이 시종일관 상대의 시나리오대로 끌려갔다는 생각을 떨칠 수가 없었다.

'방진호 감독 말이 맞았어.'

상대는 자신을 이기기 위한 만반의 준비기 다 되어 있었다.

휴식 시간 동안 이신은 부스를 떠나지 않았다.

패배한 1세트 리플레이를 복기하며 패인을 분석했다.

결정적인 패착은 이신이 먼저 대부분의 병력을 항공수송선에 싣고 대규모 드롭을 시도하다가 카운터를 받은 것.

거기서 더 분석해 보면, 마이클 조셉이 카운터를 준비하고 기다렸다는 게 문제.

하지만 그것조차도 그냥 겉으로만 보이는 패인에 불과했다.

이신은 그보다 더 근본적인 패인을 직감적으로 알아차릴 수 있었다.

'시나리오다.'

처음부터 끝까지 마이클 조셉은 물 흐르듯이 자기 시나리오대로 움직였다.

'그러니 내가 먼저 나가떨어질 수밖에.'

계획된 시나리오대로 플레이한 마이클 조셉과 그때그때 즉흥적으로 판단을 내려야 했던 이신.

당연히 두 사람이 느낀 피로도는 확연히 차이가 날 수밖에 없었다.

아무리 상대가 세계 최고 수준의 피지컬에 한창 전성기를 맞이한 마이클 조셉이라지만, 그렇게 대놓고 피지컬과 멀티태스킹에서 압도당한 경험은 난생 처음인 이신.

자존심이 상했다.

승리 수당 100만 불을 떠나, 이신은 기필코 이기고 싶다는 생각이 들었다.

2세트 맵은 투지.

세 종족간의 밸런스가 잘 맞춰진 맵으로, 그 공평한 밸런스 때문에 공식전의 중요한 경기에서 빈번하게 쓰이곤 했다.

'이 맵에서도 나를 철저히 분석했겠지.'

당연하게도 이신은 이 맵에서 무척 많이 경기를 치러보았다.

마이클 조셉 측이 이신을 분석할 수 있는 데이터를 많이 확보했을 것이다.

특별히 전략을 준비해 오지 않은 이신으로서는 그들의 예상 범위를 벗어나기가 힘들었다.

치즈러시 같은 도박 수는 시도할 수 있지만, 그것은 성공하든 실패하든 경기가 허망하게 끝나는 전략이므로 이벤트 매치에 초청해 준 주최 측에 미안한 노릇이었다.

'가만?'

한 가지 방법이 떠올랐다.

허를 찌를 수 있는 한 수.

'웬만해서는 시도하지 않으려고 했던 건데.'

먼저 자존심을 건드린 건 마이클 조셉 측이었다.

때마침 휴식 시간이 끝났다.

"Are you ready?"

경기장 스태프가 부스 안에 들어와 물었다.

이신은 나직이 고개를 끄덕였다.

이어폰을 끼고 차음 헤드셋을 착용했다.

바깥의 소음에서 완전히 단절되었다.

그 고요함 속에서 이신은 투혼을 불살랐다.

'본때를 보여주마.'

*　　　　　*　　　　　*

Kaiser : Human

M.J : Human

MAP : Fighting spirit

플레이 준비가 완료된 화면이 온라인에 송출되고 있었다.

지수민은 온라인으로 이벤트 매치를 관람하면서 이신교 대사제들과 채팅하기에 여념이 없었다.

—인의예지신님 : 아, 이번에는 이겨야 할 텐데ㅠㅠ

—이신전심 : 2연패 당하고 오시면 안 돼요, 신 님! ㅠㅠ

—신님의하녀 : 패, 승, 승 기대합니다!

—신께서보고계셔 : 역전! 승리 수당!

—이신교순교자 : 그냥 마음 편히 하고 오세요. 그깟 100만 달러 제가 별사탕 쏠게요!

—신님께간다 : 우리 신 님 져서 상처받으면 어쩌지ㅠㅠ

—인의예지신님 : 신 님께선 그렇게 약한 분이 아니에요!

채팅을 치다가 지수민은 부득부득 이를 갈았다.

미국의 해설진들은 마이클 조셉이 이신을 압도했다고 영어로 멋대로 떠들어대고 있었다.

그런데 바로 그때였다.

Kaiser : Holy blood

이신의 선택 종족이 갑자기 신족으로 바뀌었다.

—카이저의 종족이 신족으로 변경되었습니다. 저게 무슨 일일까요?

—일부러 종족을 바꾼 걸 보니 실수 같지는 않은데요. 그냥 조크인지 어떤 의도인지 의아합니다. 예, 지금 스태프가 확인하러 부스로 들어가네요.

해설진들이 당황한 듯 의문을 표했다. 관객들도 술렁이고 있었다

통역사와 함께 이신의 부스에 들어온 스태프가 뭐라고 물어보

았다. 이신이 고개를 끄덕이며 답했고, 통역사가 스태프에게 통역해 주었다.

스태프는 부스에서 나와 무전기로 뭐라고 말한다.

이윽고 미국의 해설진들이 말했다.

―예, 물어본 결과 종족 선택이 저게 확실하다고 합니다.

―갑자기 신족을 택하다니 의아스럽네요. 마이클 조셉을 상대로 자기 메인 종족이 아닌 서브 종족으로 이길 수 있다는 뜻인지…….

―설마요. 1세트에서도 접전 끝에 패배했는데 그런 의미는 아니리라 봅니다. 아무래도 이제 승부를 포기하고 재미있는 경기를 보여주겠다는 의도인 것 같은데, 솔직히 그렇다면 좀 많이 아쉬운데요.

―팬들은 카이저와 마이클 조셉의 대결을 보고 싶었는데, 저건 좀 실망스러운데요.

술렁이는 관중들.

급기야,

―M.J : holy blood? really?

마이클 조셉이 채팅으로 물어보았다.

그리고 이어지는 이신의 대답.

―Kaiser : yes. it's not a joke.

—Kaiser : I'll win.

"와아아아!"

이신의 채팅에 관중들이 환호하기 시작했다.

—하하, 장난치는 게 아니라는군요. 정말로 신족으로 이기겠다고 장담하는 카이저입니다.

—이러면 마이클 조셉의 머리가 조금 복잡해지죠. 당연히 인류 대 인류전을 생각하고 왔을 거거든요.

—아무튼 흥미롭습니다. 카이저의 신족은 대체 어떤 플레이가 될지 궁금해지는데요?

지수민은 멍하니 모니터를 바라보았다.

황홀감에 젖은 눈빛으로 영상에 잡힌 이신의 모습을 응시한다.

"아, 너무 멋져!"

누가 저기서 신족을 선택할 거라고 생각했을까!

대사제들의 채팅방도 난리가 났다.

—신님께간다 : 헐;;;

—이신전심 : 신족이다!

—신님의하녀 : Player_SIN 모드로 변신! ㅎㅎㅎㅎ

—신께서보고계셔 : 역시 신 님♡♡

—이시교수교자 : 신 님 아니면 아무도 저런 짓을 못하죠!

—신님께간다 : ㅋㅋㅋ부종으로 조셉 꺾으면 웃기겠다.ㅋㅋㅋ

—이신전심 : 1세트의 복수로는 충분하죠!

그리고 2세트 경기가 시작되었다.

＊　　　　＊　　　　＊

"신족? 진짜로?"

"미친 거 아냐?"

"못 이길 것 같으니까 그냥 자포자기 아냐?"

MBS 선수들과 연습생들도 술렁거렸다.

주다는 이신의 신족 실력이 어느 정도인지 알고 있었기 때문에 미소를 짓고 있을 뿐이었다.

하지만 방진호 감독은 달랐다.

그는 멍하니 신족을 택한 이신을 보더니, 버럭 소리를 질렀다.

"역시 저 새끼 맞잖아!"

당연하게도 그는 최근 신족으로 전향한 온라인 신비 고수 Player_SIN을 떠올릴 수밖에 없었다.

그동안 Player_SIN에게 농락당했던 것을 떠올리자 방진호 감독은 분노로 부르르 떨었다. 아니나 다를까, 그 특유의 싸가지는 바로 저 자식이었다.

"그럼 진짜 이신 코치님이 Player_SIN 아냐?"

"맞나 보네. 그럼 다 말이 되잖아. 개인방송으로 시작부터 몇 넉씩 버는 클래스하며……."

"근데 신족으로 마이클 조셉을 이길 수 있나?"

"몰라, 방송 보니까 Player_SIN 신족 실력도 장난 아니던데."

선수들은 경악하면서도 기대 가득한 표정으로 경기를 지켜보았다.

*　　　　*　　　　*

"저 미친 새끼……"

황병철은 황당하다는 표정으로 스마트폰을 바라보았다.

미국 e스포츠 프로리그 개막전을 온라인으로 관람하고 있던 황병철은 욕부터 나왔다.

이신이라면 꼴도 보기 싫었다. 인터넷 브라우저도 켜지 못했을 정도로 노이로제에 시달려 왔던 황병철이었다.

하지만 자신을 괴롭히던 장민재가 고향으로 내려가 버렸다는 소식을 접하고부터는 마음의 짐을 어느 정도 내려놓았고, 이제는 이신의 이벤트 매치를 찾아보게 될 정도로 멘탈을 회복했다.

하지만…….

'악랄한 새끼.'

라이벌이자 누구보다도 이신에게 당한 게 많은 황병철이었다.

이신이 신족을 선택한 것을 보자마자 황병철은 그의 의도가 무엇인지 알 수 있었다.

예상치 못한 종족 선택으로 상대를 당황시킨다.

그리고 철저하게 박살 내 멘탈에 상처 입혀 다음 3세트까지 그 후유증에 시달리게 만들 셈이다.

마이클 조셉은 전성기 시절의 이신을 연상케 할 정도로 빠르고 강한 인류였지만, 이신과 달리 순간순간의 즉흥적인 전략적 판단에 약하다.

사전에 미리 준비된 전략이 아닌, 그때그때 판단을 내려야 하는 임기응변에 약한 면모를 보인다.

이신은 그 점을 파고들 의도였던 것이다.

'물론 그건 저 새끼가 신족도 기가 막히게 잘한다고 가정했을 때의 이야기지.'

제아무리 수준 높은 1군 선수라도 부종족으로는 2군 선수도 이기기 힘든 게 보통이었다.

단축키와 유닛 컨트롤 방법이 다 다르고 빌드 오더와 전략 전술도 완전히 판이하게 다르기 때문이다.

물론 옛날에는 세 종족을 모두 잘해서 종족 선택을 랜덤(Random)으로 고르는 선수도 있었지만, 그건 말 그대로 옛날의 일이었다.

수준이 매우 높아진 지금은 한 우물을 파지 않으면 대성할 수가 없다.

마치 한국인에게 영어를 원어민처럼 말하라는 것과 비슷한 수준의 난이도였다.

하지만 언어에 있어서도 8개 국어씩 통달한 천재가 있듯이, 이신도 여러 종족에 두루 능통할 수 있는 천재라면…….

'정말 생각하기도 싫어지네.'

이신의 인류 하나도 골치 아프다.

하물며 이신이 신족을 택할 경우까지 고려해야 하는 상황이 발생해 버린다.

너무나 많은 이신의 전략적 선택지!

그걸 무슨 수로 대비해야 한단 말인가?

황병철은 긴장된 마음으로 경기를 지켜보았다.

만약 이신의 신족이 마이클 조셉을 꺾을 정도로 톱클래스의 수준을 구사한다면, 그건 보통 심각한 문제가 아니었다.

인류에게 유리한 맵에서 인류를 택하고, 신족에게 유리한 맵에서 신족을 택할 수 있는 톱클래스의 선수를 무슨 수로 당해내야 한단 말인가?

* * *

'날 놀려?!'

마이클 조셉은 분노에 차 있었다.

장난처럼 2세트에서 신족을 고른 이신에게 그는 매우 화가 났다.

그저 이벤트 매치라고는 하지만, 마이클 조셉에게는 매우 의미가 깊었다.

동경했던 이신과 실력을 겨룰 수 있는 기회!

비록 공평한 대결은 아니었지만, 그래도 마이클 조셉은 이 매치를 무척 기다려 왔다.

절대무적 카이저의 명성은 명불허전이었다.

1세트.

비록 지긴 했지만 이신은 빈틈없이 준비된 전략을 구사하는 마이클 조셉을 상대로 후반까지 끈질기게 따라붙으며 접전을 펼쳤다.

2세트에서는 과연 어떤 플레이를 펼쳐 줄지 마이클 조셉은 기대가 컸다.

하지만 신족이라니?

자신을 무시하는 게 아닌 이상 이럴 수는 없었다.

부종족인 신족으로 자신을 꺾어서 웃음거리로 만들겠다는 계획이란 말인가?

'그렇다면 내가 당신을 웃음거리로 만들어주겠어.'

이상한 무리수를 두었다가 맥없이 패배해 한국으로 돌아가게 만들어 주리라.

그렇게 이신이 망신을 당하면, 반대급부로 그를 꺾은 마이클 조셉의 명성은 한층 더 상승하는 것이다.

빠르게 병영을 건설하고 보병을 생산한 마이클 조셉.

보병 1명이 생산되자, 마이클 조셉은 그 보병은 물론 건설로봇도 대거 이끌고 공격에 나섰다.

치즈러시였다.

'서브 종족인 만큼 컨트롤도 인류처럼 능숙하게 하지 못하겠지?'

이신을 상대로 초반 기습은 자살 행위였다.

역대 수많은 선수들이 이신을 이기기 위해 기습 전략을 펼쳐 보았지만 결과는 참담한 패배.

춤을 추는 듯한 건설로봇들의 미친 블로킹과 사정거리를 정확하게 알고서 치고 빠지는 보병 컨트롤로 어떤 공격도 막아냈다.

하지만 신족은 인류와는 유닛이 전혀 다르다.

생산 유닛인 신도는 2칸 거리에서 공격할 수 있으나, 건설로봇만 한 체력이 없다.

광신도는 체력과 공격력이 두루 강하지만 보병처럼 원거리 공격을 하지 못한다.

이 괴리감에도 불구하고 컨트롤 싸움인 이 치즈러시를 막아 낼 수 있을까?

'상대는 나라고!'

마이클 조셉의 공격에, 이신 역시 신도들이 뛰쳐나왔다.

'아직 광신도를 안 뽑았구나.'

마이클 조셉은 회심의 미소를 지었다. 하지만…….

'헉!'

신도들이 삽시간에 넓게 진형을 펼쳐 덮쳤다.

그중 2명이 건설로봇들의 블로킹 틈새를 날렵하게 빠져나와 보병을 공격했다.

보병은 계속 도망가고 총 쏘고 도망가고를 반복했지만 신도 2기는 집요하게 따라붙었다. 기어코,

―으악!

비명과 함께 보병이 죽었다.

참호를 건설하기도 전에 보병이 허무하게 죽어버린 것이다.

마이클 조셉의 얼굴이 사색이 되었다.

이신의 신족 컨트롤은 마이클 조셉의 아래가 아니었다.

이어서 보병이 또 1명 추가로 싸움에 합류했지만, 같은 타이밍에 이신도 광신도가 추가됐다.

싸움은 보병과 광신도의 술래잡기였다.

보병은 체력이 약해 광신도의 공격 2방에 죽는다.

때문에 체력이 강한 건설로봇들이 블로킹하며 광신도의 진로를 막아야 했다.

문제는 이신도 신도들을 컨트롤에 보병을 몰이사냥 한다는 점이었다.

퍼엉!

건설로봇 또 한 기가 신도들의 집중 공격에 파괴됐다.

건설로봇들도 공격했지만, 이신은 정교하게 체력이 떨어진 신도를 빼고, 다른 신도를 추가시켜 가며 계속 싸웠다.

결국 또 1명의 광신도가 추가되자 마이클 조셉은 일제히 후퇴시켰다.

퍼어엉!

짓다 만 참호도 건설이 취소되어 파괴되었다.

—오 마이 갓! 마이클 조셉, 참호를 완성시켜 보지도 못하고 후퇴합니다!

—카이저가 참호를 짓는 건설로봇을 공격해 건설을 방해했죠. 컨트롤로 마이클 조셉을 완전히 압도했어요!

—아마도 마이클 조셉은 카이저가 서브 종족을 골랐기 때문에 컨트롤이 미숙할 거라는 생각에 치즈러시를 택했을 겁니다. 하지만 오산이었어요. 카이저는 신족 컨트롤도 완벽했습니다!

—이런 맙소사, 카이저의 진영을 보세요. 그렇게 정밀한 컨트롤을 하는 와중에도 테크 트리가 다 올라갔어요.

—대단한 멀티태스킹과 컨트롤입니다. 이게 서브 종족이라니 믿겨지지가 않아요!

—치즈러시에 대실패를 하고 만 조셉, 너무 뼈아픕니다. 하지만 얼른 추스르고 재정비해야죠. 상대가 전설의 카이저라도 서브 종족에게 패할 수는 없습니다!

—무난한 운영으로 승부를 겨뤘으면 어땠을까 하는 아쉬움이 남습니다만, 아무튼 아직 패한 건 아닙니다.

—물론입니다. 인류는 한 방이 있죠. 다음 공격 한 번만 잘 막고 버티면 다시 기회가 생깁니다.

마이클 조셉을 응원하던 팬들은 머리를 싸잡고 절규를, 이신을 응원하던 팬들은 열렬히 환호하는 대충격의 초반 싸움.

큰 피해를 입고 빈 마이클 조셉은 즉각 앞마당에 참호를 건설하고 보병 4명을 넣어 방어했다.

그리고 기갑정거장에서 고속전차 1기가 생산됐지만, 그때 이신은 사거리 업그레이드가 완료된 거신병기 4기가 광신도 2기와 함께 공격에 나서고 있었다.

스피드 업그레이드도 되지 않은 마이클 조셉의 고속전차는 느릿느릿하게 이동하면서 전진하다가 이신의 병력과 마수쳤다.

마이클 조셉은 어떻게든 시간을 끌어야 했다.

때마침 지뢰 개발이 완료.

고속전차는 거신병기들의 공격을 피해 달아나면서 지뢰를 매설했다.

하지만 지뢰가 매설되기 직전에 다가온 거신병기 4기는 즉각 일점 사격으로 지뢰를 제거했다.

고속전차는 한 번 더 길목에 지뢰를 매설했다.

이번에는 광신도가 지뢰 근처로 살그머니 접근했다.

매설된 지뢰가 땅 위로 튀어나온 순간, 거신병기 4기가 일점 사격을 가해 또다시 제거해 버렸다.

피해 전무.

고속전차는 전혀 상대의 진격을 늦추지 못하고 지뢰 2개를 다 소모해 버렸다.

ㅡ오 마이 갓!

ㅡ또 실패! 지뢰로 어느 정도 방어가 되리라 싶어서 고속전차를 택했는데, 이번에도 실패예요!

앞마당까지 당도한 이신.

그러나 그는 참호 앞에서 멈춰 섰다.

멀리서 거신병기 4기가 레이저를 발사해 참호를 타격하기 시작했다.

사거리 업그레이드가 완료된 거신 병기는 참호 안에 있는 보병들보다 더 사거리가 길었기 때문에 일방적인 타격이 가능했다.

마이클 조셉은 건설로봇 3기를 투입해 부서지는 참호를 수리했다.

수리하는 데도 자원이 소모된다.

거신병기들이 계속 참호를 공격하며 자원상의 피해를 입히고 있는 것이었다.

기동포탑이 생산되고 포격모드 개발이 완료될 때까지 그 같은 상황이 계속될 터였다.

마이클 조셉은 이를 악물고 참아냈다.

한편, 이신은 상대를 압박하면서 2번째 확장 기지를 가져갔다.

2번째 확장 기지에서 열심히 식량·광물 자원을 채집하면서 생산되는 이신의 병력도 점점 많아졌다.

기동포탑 2기가 생산되고 포격모드 개발이 완료되었다.

―마이클 조셉, 다시 기회를 잡았습니다. 아주 실낱같은 희망이지만 놓쳐서는 안 돼요!

―일단 앞마당을 공격하는 병력부터 쫓아내고서 방어선을 구축해 놓고서 안전하게 2번째 확장 기지를 가져가야죠. 인류는 확장 기지가 2개만 있어도 역전의 기회가 있습니다!

―하지만 기이쩌가 그걸 모른 리 없습니다. 분명히 확장을 하지 못하도록 저지할 거예요.

기동포탑 2기가 언덕과 언덕 아래에 자리 잡고 포격모드로 전환했다.

퍼펑―!

기동포탑의 포격에 거신병기 1기가 파괴당하기 직전에 이르렀다.

그제야 이신은 병력을 포격 사거리 밖으로 물렸다.

이신이 물러나자 마이클 조셉이 치고 나섰다.

고속전차 3기가 뛰쳐 나가 지뢰를 매설하며 방어선을 구축한 것.

하지만 그때, 이신의 거신병기가 다시금 접근했다.

퍼엉! 펑!

일점 사격으로 지뢰 2개를 매설되기 전에 제거해 버렸다.

지뢰 4개는 무사히 매설되었지만, 그때부터 이신의 컨트롤이 다시 펼쳐졌다.

거신병기들이 한 걸음 한 걸음 조심스럽게 접근한다.

가까이 다가오자 튀어나오는 지뢰.

거신병기들은 뒤로 한 걸음 물러서며 일점 사격을 가해 지뢰가 폭발하기 전에 제거해 버렸다.

소위 무빙을 당긴다고 표현하는 컨트롤로 지뢰 4개를 전부 제거한 것이다.

"Kaiser! Kaiser!"

지뢰를 하나씩 제거할 때마다 함성 소리가 경기장을 쩌렁쩌렁하게 울렸다.

그렇게 방어선 구축을 저지시킨 이신은 생산되는 거신병기들을 계속해서 투입했다.

거신병기와 광신도의 숫자가 점점 많아졌다.

본진과 2개의 확장 기지에서 채집하는 막대한 자원으로 뽑은 병력이니 그 숫자가 엄청날 수밖에 없었다.

　　　　*　　　　　*　　　　　*

'빌어먹을.'

마이클 조셉은 괴로웠다.

이신의 신족은 예상과는 전혀 딴판이었다.

조금만 실수해도 낭패를 보게 되는 고도의 컨트롤을 자유자재로 구사하며, 마이클 조셉이 하고자 하는 바를 사사건건 망쳐 놓았다.

마이클 조셉은 2번째 확장 기지를 포기했다.

대신 본진과 앞마당의 자원을 있는 대로 쥐어짜며 병력을 모았다.

인류의 한 방!

싸움 한 번만 크게 이겨 버리면 된다.

그러면 상대가 병력을 충원하는 동안 2번째 확장 기지를 가져갈 수 있는 기회가 주어진다.

조건은 하나.

싸움에서 크게 이겨야 한다는 점.

엄청난 병력 피해를 입혀 당분간은 공격에 나설 수 없게 만들어야 한다.

병력이 꽉 채워지자 비로소 마이클 조셉이 공격에 나섰다.

그에게 주어진 최후의 찬스였다.

맵 중앙 지역에는 이미 이신의 대병력이 기다리고 있었다.

맵 이름 그대로 마이클 조셉은 투지를 불태웠다.

하지만 마이클 조셉의 기동포탑들이 일제히 포격모드로 전환할 때, 이신은 싸워주지 않고 병력을 뒤로 물렀다.

그리고 대신 엉뚱한 곳에서 일격이 터졌다.

—아아, 맙소사!

—저건 숨통을 끊는 잔인한 일격입니다! 너무나 냉혹합니다, 카이저!

바로 마이클 조셉이 총공격에 나선 그 순간, 수송선 1기가 유유히 그의 본진에 들어선 것이다.

거기서 내린 대사제 2명이 전격 마법을 펼쳤다.

파지지직— 파치칙!!

퍼퍼펑! 퍼펑! 펑! 펑! 퍼펑!

불꽃놀이와도 같았다.

폭죽처럼 자원을 채집하던 건설로봇들이 전격에 휘말려 모조리 폭발했다.

마이클 조셉은 멍하니 일꾼이 떼죽음당한 자신의 본진을 쳐다봤다.

수송선은 연이어 앞마당에도 대사제를 1명 내렸다.

파치치치칙!

이번에는 빠르게 반응한 마이클 조셉. 건설로봇들이 전격 마법이 펼쳐지기 전에 재빨리 대피시켰다.

하지만 수송선이 대피하는 건설로봇을 쫓아갔다.

대사제가 내려서 전격 마법을 다시 펼쳤다.

동선을 예측하고 쏜 전격 마법은 건설로봇들을 다시금 멸살시켰다.

총공격에 나서느라 진영이 무방비 상태였기에 일어난 대참사였다.

─맙소사, 카이저! 1세트의 복수를 무자비하게 해냅니다!

─하지만 조셉은 저렇게 잔인하지 않았죠. 서브 종족으로 농락한 것도 모자라 시종일관 아무것도 못하게 만들었습니다.

─한국 최고의 신족 플레이어라는 최영준도 저렇게까지 마이클 조셉을 농락하지는 못했는데요. 카이저는 서브 종족인 신족마저도 차원이 다릅니다!

─사실 치즈러시에 실패했을 때 이미 불리한 상태였죠. 하지만 그래도 여러 차례의 기회가 주어졌지만 그때마다 족족이 카이저가 그를 좌절시켰습니다.

멘탈이 크게 흔들린 마이클 조셉.

그는 마우스를 움직이면서도 자신이 무엇을 하고 있는지 알 수 없을 지경이었다.

그 순간, 이신의 비끼미 활인 사살이 시작되었다.

바로 총공세에 나섰던 마이클 조셉의 병력을 잡아먹기 시작한 것이다.

마이클 조셉이 학익진을 펼치며 좋은 진형(陣形)을 이루었다.

이신은 기동포탑의 사정거리 밖으로 병력을 빼며 반시계방향으로 우회(迂回), 사선으로 비스듬히 펼친 대형으로 마이클 조셉의 우익(右翼)을 들이받았다.

이는 이신이 역사 공부를 하던 중 알게 된 사선진(斜線陣) 전법을 보고 응용한 것이었다.

기원전 4세기에 그리스 테베의 장군 에파미논다스, 그리고 18세기 프로이센의 대왕 프리드리히 2세의 전술이 이신의 손에서 게임에 구현되었다.

오른쪽 날개부터 꺾여 버린 마이클 조셉의 병력.

뒤늦게야 좌익이 본진과 합류해 반격했지만 승세는 이신에게 기운 뒤였다.

최후의 발악.

마이클 조셉이 고속전차로 거신병기들을 둘러싸 지뢰를 닥치는 대로 매설했다.

그리고 그 순간, 이신의 손이 빠르게 움직였다.

퍼엉! 펑!

펑! 펑! 펑!

4기씩 드래그해서 지뢰 하나를 일점 사격했다.

4기당 1개씩 지뢰를 제거하면서 주위에 매설되려는 지뢰를 족족이 제거해 버린 것이다.

엄청난 컨트롤의 향연!

제대로 발동된 지뢰가 하나도 없을 정도로 완벽한 마이크로 컨트롤!

─맙소사! 신이 내린 컨트롤입니다!

─2세트 내내 지뢰 하나 제대로 역할을 하지 않았어요!

헤럴진이 흥분해서 소리를 질렀다.

MGM 그랜드 가든 아레나가 열광으로 가득 채워졌다.

한 번의 대회전마저도 이신은 같은 병력으로 마이클 조셉을 터무니없이 압살해 버렸다.

'기회를 줬어도 넌 어차피 내게 졌다.'

그렇게 말하는 듯한 확인 사살이었다.

—M.J : GG

—마이클 조셉의 GG!

—카이저가 상식을 초월한 승리를 거두었습니다!

환호를 뒤로하고서 이신은 휴식을 위해 유유히 대기실로 돌아 갔다.

똑같이 부스에서 나와 대기실로 향하는 마이클 조셉의 얼굴 은 어쩐지 넋을 잃은 표정이었다.

뜻밖의 처참한 대패를 당한 그는 멘탈도 컨디션도 넝마가 되 어 있었다.

그것을 증명히 듯, 휴식 시간 뒤에 펼쳐진 3세트는 불과 8분 만 에 이신의 승리로 돌아갔다.

이신은 신족을 골랐다가 경기 시작 카운트 5초 전에 인류로 바꾸면서 다시금 마이클 조셉의 머릿속을 엉망으로 만들었다.

그리고 펼쳐진 것은 보병과 건설로봇을 대거 대동한 치즈러 시,

정신을 추스르고 심기일전하려는 마이클 조셉을 상대로 킨드

롤 싸움을 걸었다.

컨디션이 엉망이 된 마이클 조셉은 그 영향으로 손끝이 미세하게 흐트러졌다.

멘탈이 고스란히 반영된 엉망진창의 컨트롤.

이신은 정밀하게 병력을 움직여 마이클 조셉의 본진을 헤집었다.

그렇게 그날의 이벤트 매치는 이신의 승리로 돌아갔다.

물론 승리 수당 100만 달러 역시 이신의 몫이었다.

제8장

귀국

미국 e스포츠 프로리그 개막전은 성황리에 끝났다.

미국의 신성 마이클 조셉과 e스포츠의 전설 이신의 대결이라는 빅 매치는 대성황!

미국과 한국뿐만이 아니라 세계 각국의 e스포츠 팬들이 유료 온라인 관람권을 구매해서 보았던 것이다.

이신에게 투여된 200만 달러 따위는 아무것도 아닐 정도의 큰 흥행이었다.

하지만 미국 e스포츠 협회는 웃어야 할지 울어야 할지 알 수 없었다. 마이클 조셉이 소속된 팀 크라이시스도 마찬가지였다.

마이클 조셉을 띄워주기 위해 마련된 판이었는데, 결국 주인공은 이신이었다. 1세트에서 멋지게 승리를 따냈던 마이클 조셉이었건만, 결국 이신을 꾸며주는 조연으로 전락했다.

1승 2패.

그래도 1세트에서는 이신을 꺾기도 했으니 치열한 명승부였다고 말하고 싶지만, 현실은 그렇지 않았다.

그러기에는 너무 처참하게 당했다.

최고의 인류를 상징하는 레전드였던 카이저가 신족을 택했다!

단순히 마이클 조셉을 당황시키기 위한 깜짝 전략이었다고 하기에는 신족을 다루는 그의 실력이 너무나 대단했다.

치즈러시도 컨트롤로 압살하며 막아내는가 하면, 엄청난 거신 병기의 무빙으로 맵 센터를 휘어잡고 시종일관 마이클 조셉을 휘둘렀다.

아무것도 못 해보고 농락당한 마이클 조셉은 3세트에서 명백하게 멘탈이 나간 모습을 보이며 이신의 치즈러시에 박살이 났다.

그것을 지켜본 전 세계 팬들의 기억 속에 1세트의 활약은 묻혀 버렸다.

그만큼 이신의 신속 플레이는 충격적이었던 것이다.

세계 e스포츠 팬들의 반응은 인터넷 커뮤니티에서도 뜨거웠다.

　—정말 멋진 경기를 봤어. 그런데 카이저, 너무 잔인하잖아.lol

　—젠장, 이게 다 협회 때문이야. 난데없이 승리 수당을 거는 바람에 그냥 가볍게 친선 경기를 하려던 카이저가 무자비한 폭군으로 돌변했어.

—위의 말에 동의해. 경기 전 인터뷰를 봐도 그는 어차피 이벤트 매치라 큰 의미를 두지 않는다고 말했어. 그런데 갑자기 사람이 변했어. 역시 돈 때문인가?

—승리 수당 때문에 눈이 뒤집힌 걸 거야. 제기랄, 승리 수당 얘기를 꺼내서는 안 되었어.

—내가 보기에는 1세트에서 져서 열 받은 것 같은데. 아무 준비도 못 한 카이저에 비해, 마이클 조셉이 1세트에서 보여준 플레이는 아무리 봐도 사전에 철저히 준비한 것처럼 진행이 부드러웠단 말이야.

—그는 기자회견 때 마이클 조셉의 재능을 두고 자신과 비교될 정도는 아니라고 했지. 말과 행동이 정확하게 일치하는군, 제기랄.

—난 처음부터 카이저를 응원했지. 라고 하지만 마이클 조셉을 저렇게 박살 내길 바란 건 아니야.

—난 카이저가 우리 프랑스에도 와서 엔조 주앙과 이벤트 매치를 해주길 원했었는데, 이젠 생각이 바뀌었어. 엔조 주앙은 소중하거든 :D

—거신병기 컨트롤 봤어? 지뢰가 1개도 제대로 터지지 않았어. 고속전차가 그렇게까지 쓸모가 없을 수 있다는 걸 처음 알았어.

—다행인 점은 저렇게 할 수 있는 신족 플레이어가 전 세계를 통틀어 몇 없다는 점이지. 그걸 메인 종족이 인류인 카이저가 선보였다는 게 무서워.

—그의 이름이 한국어로 신(God)과 발음이 같아서 한국에서는 그를 신으로 섬긴대.

—저 정도면 정말로 신이야. 인간일 리가 없잖아.

—악마가 아닐까? 3세트 시작할 때 신족 했다가 인류로 바꾸는 거 봤

어? 그는 마지막까지 조셉을 농락했어.

　—왠지 카이저가 괴물도 잘 다룰 것 같아서 무서워.

　—제발, 카이저. 부탁이니까 내년 월드 SC 그랑프리 개인전에는 나오지 말아줘. 금메달 따윈 넌 이제 필요 없잖아?

　—카이저의 신족 플레이에 다들 놀라서 1세트를 잊어버린 것 같네. 마이클 조셉은 카이저를 실력으로 눌러서 자신의 역량을 입증했어. 이번 아픔을 딛고 성장하면 다음번엔 이길 수 있다고.

　—아픔을 딛고 성장해서 재도전하면 카이저는 조셉에게 카드 세 장을 내밀며 묻겠지. "인류, 신족, 괴물, 원하는 걸 골라봐. 어떻게 깨지고 싶니?"

　세계가 뜨겁게 들끓고 있는 가운데, 이신은 JKT와의 경기를 준비하기 위해 이벤트 매치가 끝나자마자 서둘러 귀국했다.

　"꺄아아악!"

　"이신 오빠!"

　"신 님!"

　인천공항은 귀국한 이신을 환영하는 인파로 들썩거리고 있었다.

　기자들의 카메라 플래시와 팬들의 스마트폰 카메라 소리가 난무했다.

　"이신 선수, 이벤트 매치에서 승리하고 돌아온 소감 한 말씀 부탁드립니다!"

　"이겨서 기분 좋습니다."

　"2세트에서 신족을 플레이해서 마이클 조셉 선수를 꺾었는데요, 신족을 따로 연습한 겁니까?"

"최영준을 연구하다가 취미 삼아 하게 되었습니다."

"앞으로 남은 프로리그 4라운드 경기에서 신족으로 플레이를 할 생각이십니까?"

"못 할 것 없습니다."

"파프리카 TV의 스타 BJ, Player_SIN과 동일 인물이라는 의혹이 다시 재기되었는데요?"

"저 아닙니다."

"외모도 최근에 신족으로 전향한 모습이나 일치하는 점이 너무나 많은데요?"

"아니라고 했습니다."

"하지만……!"

이신은 기자들의 질문에 간단히 대답해 주면서 인파를 헤쳐 나갔다.

마중 나온 운전사 정상범이 급히 인파 속에서 그를 보호하며 대기시켜 놓은 롤스로이스 팬텀으로 인도했다.

"휴우."

안락한 롤스로이스 팬텀의 뒷좌석에서 몸을 뉘이자 비로소 피로감이 밀려왔다.

"어디로 모실까요?"

"집."

"예."

정상범은 차를 출발했다.

비록 퍼스트 클래스를 타고 오긴 했지만 장시간 비행에 지친 이신은 차 안에서 곧바로 곯아떨어졌다.

*　　　　*　　　　*

순조롭게 MBS와의 3차전을 준비하던 JKT는 난데없이 비상이 떨어졌다.

이신이 신족을 귀신같이 잘한다는 사실이 공개되면서 엔트리를 다시 짜야 하는 상황이 벌어진 것이다.

"이신의 신족 플레이에 대해서는 알려진 게 전혀 없습니다."

"거신병기 무빙이 끝내준다는 것 말고는……."

"대사제가 수송기에서 내려서 전격 마법 뿌리는 속도가 굉장히 빠르던데요. 역시 이신의 평소 스타일을 고려해 보면 견제 플레이 위주가 되지 않을까 싶습니다."

코치들의 의견을 들으면서 JKT의 감독, 최용훈은 한숨을 쉬었다.

"결국 알 수 있는 건 아무것도 없다는 뜻이잖아."

"……."

코치들은 꿀 먹은 벙어리가 되었다.

그럴 수밖에.

이신은 이제 겨우 한 경기밖에 신족을 플레이하지 않았다.

그나마도 치즈러시 때문에 일찌감치 승부가 갈린 케이스였다.

그런데 그때, 그들의 대화를 듣고 있던 한 젊은 청년이 말했다.

"감독님."

작은 키에 까무잡잡한 얼굴을 한 청년이었다.

"어, 영호야."

청년은 바로 JKT의 에이스, 올해 전반기 개인리그 우승에 빛나는 '철벽괴물' 박영호였다.

"제가 이신 개인방송을 봐서 스타일을 대충 알고 있습니다."

"이신이 개인방송도 해?"

"Player_SIN이요. 그거 이신이라고 다들 알고 있던데요."

"그게 정말 이신이야?"

"네; 이신 아니면 그렇게 신분 숨길 필요도 없고, 인류 하다가 갑자기 신족으로 전향한 것도 요번에 신족 플레이를 보여준 이신이랑 일치하고……."

"그래, 어떻디?"

최용훈 감독이 물었다.

박영호는 잠시 생각하다가 말했다.

"그냥 온라인에서 일반 유저하고 붙는 것밖에 못 봐서 잘은 몰라요. 빠른 확장이랑 물량에 집중하는 게 최영준의 영향을 많이 받은 것 같고요."

"최영준처럼 물량 잘 뽑디?"

"예. 대신에 싸움이 벌어지면 물량보다 컨트롤에 더 집중하는 경향이 있었어요. 최영준은 계속 후속 병력 보내서 공격을 안 멈춘다면, 이신은 컨트롤 잘해서 크게 이기겠다는 마인드예요."

"흐음, 그러니까 결국은 최영준 흉내라 이거지?"

"네."

아직까지는…….

…라는 말을 삼킨 박영호였다.

지뢰를 닥치는 대로 제거해 버린 미친 거신병기 무빙은 이신만의 컨트롤이었다.

"영호야."

"네, 감독님."

"가장 쉬운 건 이신을 피해서 널 출전시키는 거야. MBS는 이신 말고는 딱히 인물이 없거든."

"……."

"근데 난 꼭 그놈을 이기고 싶어. 그놈 입을 꾹 다물게 만들어 주고 싶어. 할 수 있겠어?"

"예."

박영호는 쾌히 고개를 끄덕였다.

월드 SC 그랑프리의 은메달리스트. 명실 공히 2020년의 한국 최강의 프로게이머.

그런 위치에 오른 박영호가 이신과의 일전을 두려워할 리 없었다. 그건 박영호의 프라이드가 허락하지 않는다.

게다가 박영호는 최용훈 감독이 이신에게 앙심을 품고 있다는 것을 알고 있었다.

—"박영호 결승 패배는 소속 팀이 문제" JKT 비판한 이신.

이신은 태연자약하게 박영호가 엔조 주앙에게 무릎 꿇어 금메달을 놓친 게 JKT의 형편없는 선수 지원 때문이라고 지적했던 것이다.

발언에 거침이 없는 이신 때문에 최용훈 감독은 상부에 불려가 질책까지 받았다고 했다.

"목표는 4 대 0이다!"

최용훈 감독이 소리쳤다. 그는 다음 경기에서 구긴 자존심을 회복할 생각이었다.

*　　　*　　　*

귀국한 이신은 다음 날부터 다시 팀에 복귀해 훈련을 했다.

엔트리를 다시 짜야 하는 건 MBS 역시 마찬가지였는데, 이신의 신족이라는 부가적인 옵션을 어떻게 활용할 수 있느냐가 관건이었다.

"너 맞잖아, 이 자식아."

"아닙니다."

"시치미 그만 떼고 솔직히 불어. 너 맞지?"

"근거도 없는 일로 자꾸 추궁하시면 곤란합니다."

"다 용서해 줄게 딱 말해. 너 맞지?"

"아닙니다."

방진호 감독은 답답해 죽겠다는 듯이 노려보았지만, 이신의 얼굴 표정은 조금도 변함이 없었다.

"···됐고, 박영호가 트위터로 한 말은 들었어?"

"모릅니다."

"너에 대해서 뭐라고 했는데 전혀 못 들었다고?"

"예."

이신이 컴퓨터로 하는 일은 스페이스 크래프트와 경기 관람, 파프리카TV 방송 세 가지뿐이었다.

심지어 스마트폰도 쓰지 않기 때문에, 파프리카TV에서 개인 방송을 하기 전에는 거의 외부 소식과 단절된 삶을 살았다 해도 과언이 아니었다.

실은 그렇기 때문에 대중의 반응이 어떻든 전혀 아랑곳하지 않을 수 있는 이신이었다.

"자, 봐라."

방진호 감독은 스마트폰으로 e스포츠 뉴스 기사 하나를 보여 주었다.

—박영호 "이신, 인류든 신족이든 이길 자신 있다" 자신감 표출

이신은 피식 웃었다.

그 아래로 박영호의 트위터 전문이 캡처된 이미지가 띄워져 있었다. 트위터 내용은 다음과 같았다.

—MBS와의 경기가 다가온다. 이신 선수와 꼭 다시 붙고 싶다. 1승 6패

"저런 쓸데없는 트윗질 하는 걸 보면, JKT에서 너랑 박영호를 붙이고 싶은 거야. 네가 전에 JKT 간 적 있었잖아. 그거 때문에 열 받았겠지."

"제가요?"

이신은 전혀 기억이 안 난다는 듯이 물었다.

"전에 JKT가 못해서 박영호가 금메달 못 땄다는 등의 소리를 했잖아."

'그랬나?'

기억을 떠올리지 못하는 이신.

기사들이 질문할 때마다 큰 고민 없이 대꾸하는 편이라 그의 지난 발언 중에는 본인 스스로도 기억 못 하는 경우가 태반이었다.

"아무튼 저쪽에서 에이스끼리 매치를 붙이고 싶은 모양인데, 그거야 우리도 환영이지. 그런데 문제는 박영호가 몇 세트에 출전하는지 모른다는 거야."

경기 전에 양 팀이 출전 엔트리를 놓고 서로 합의하는 것은 금지된 행위였다.

"붉은 사막."

"뭐?"

이신이 말했다.

"붉은 사막에서 붙자는 뜻 같습니다."

붉은 사막은 과거에 박영호가 이신에게 3차례나 패배한 악연이 있는 맵이었다.

지난 전적을 설욕하겠다는 박영호의 트위터를 본 순간 이신은 그 의미를 알아차린 것이었다.

주말이 되자 이신은 오랜만에 파프리카TV 개인방송을 시작했다.

음성 변조 장치가 내장된 하얀 가면을 쓰고 방송을 시작하자 시청자들이 쑥쑥 들어왔다.

—야 이 BJ 새꺄, 방송 매일매일 안 하냐?

—존나 기다렸잖아ㅆㅂ

방송은 시청자들의 욕설로 시작되었다.

—방송 언제 하는지 일정 통보 좀!

—목 빠져라 기다렸네.

—ㅋㅋㅋ라스베이거스 다녀오느라 바빠서 방송 못 켰나 보지?

—이신 사마 ㅎ0ㅎ0

—방송 스케줄 좀 알려주세요!

이신은 채팅창을 보다가 말했다.

"방송 스케줄은 딱히 없습니다. 그냥 내킬 때 키도록 하겠습니다."

—헐;;;

—거만한 거 보소ㅋㅋ

—이 색기 BJ가 갑이라는 마인드;;

—그냥 꼴릴 때 하겠다는 뜻ㅋㅋㅋㅋ

—진짜다. 진짜 배가 부른 BJ가 나타났다!

—이신 형, 가면 벗어요.

—이신 님ㅎㅇ

"저 이신 아닙니다."

이제 거의 Player_SIN이 이신일 거라는 추측이 기정사실화되
었지만, 이신은 아랑곳하지 않고 정체를 부정했다.

—이신 맞잖아——!

—가면 벗어 아 보는 내가 답답해ㅎㄷㄷ

—이신인 거 다 아니까 가면 좀 벗어라 아 놔…….

—저 음성 변조된 목소리 듣기 싫어.

—ㅋㅋㅋㅋㅋㅋ

—신 오빠! 존안을 뵙고 싶어요. 가면 벗어주세요.ㅠㅠ

—맞아, 존잘 보고 싶어♡

—눈 정화를 시켜주세요, 신이시여.

—ㅎㄷㄷ이신 교노들 니티난 거 보소.;;

─시청자 점점 늘어난다.

─ㅋㅋㅋㅋ이신교 팬카페에서도 이미 이신 개인방송이라고 확신하는 분위기임.

"그럼, 게임 시작하겠습니다."

이신은 스페이스 크래프트를 실행시켰다.

시청자들이 정체 다 들통 났으니 가면을 벗으라고 아우성을 쳤지만 조금도 아랑곳하지 않는 이신이었다.

개인방송을 하다 보니 수많은 유저가 대전을 신청해 댔다.

그중에는 이신의 개인방송을 보면서 게임을 하는, 속칭 '방플' 유저도 있었지만 그는 상관없이 승리를 쌓아나갔다.

─아, 잘하긴 잘하네.

─마이클 조셉도 이겼음.;;

─신족으로 미국 최강자를 꺾다니ㄷㄷ

─이 사람 정말 신인가.

─인류 좀 해라!

─인류 대 괴물전 보고 싶다!

어느덧 시청자 숫자는 3,000명을 훌쩍 넘겨 버렸다.

예고도 없이 시작한 방송임에도 엄청난 시청자 숫자였다.

이신이 이길 때마다 별사탕이 펑펑 터졌는데, 이신교에서 넘어온 광신도들의 소행임은 말할 필요도 없었다.

그런데 그의 개인방송에 한 가지 특이한 점이 있었다.

바로 누구와 붙든 간에 맵을 무조건 붉은 사막에서 한다는 점이었다.

지겨우니까 다른 맵 좀 하라고 시청자들이 아우성쳐도 이신은 들은 척도 하지 않고 붉은 사막만 고집했다.

이는 박영호에게 보내는 메시지였다.

다가오는 4라운드 3차전 때 붉은 사막에서 붙자는 의지 표현.

박영호의 트위터 메시지에 대한 화답이라고 할 수 있었다.

그런데 게임을 하던 도중, 문득 전화가 왔다.

이신은 무시하고 게임을 했지만, 폴더폰은 끈질기게 계속 진동했다.

누군가 싶어서 봤더니 발신자 이름에 '채정아'라고 쓰여 있었다.

흠칫한 이신은 오른손으로 마우스만 조작하면서 왼손으로 전화를 받았다.

"여보세요?"

—어?

당황한 젊은 여자의 목소리.

이신이 음성 변조된 목소리로 전화를 받았으니 당황하는 게 당연했다.

"나 맞아."

—목소리가 왜 그래?

이사는 웃으며 물었다.

"무슨 일이야?"

—어휴, 얘는 대화가 안 이어져.

"무슨 일이야?"

자기 할 말만 하는 이신.

여자는 한숨을 쉬며 말했다.

—나 한국이야.

"언제 왔어?"

—방금.

"어딘데?"

—인천 공항.

"알았어."

—야! 끊으려고?

"나 바빠."

한편, 시청자들은 폭주를 했다.

—ㅋㅋㅋㅋ전화받으면서 게임ㅋㅋ

—말투가 나쁜 남자임.

—상대 여자?

—애인?

—신 오빠 애인 있어요? 아닐 거야! 그럴 리 없어ㅠㅠ

—귀찮은 말투다ㅋㅋㅋ 저게 이신 아니면 누구라는 거야.

—이신 특유의 갑의 말투ㅋㅋㅋ

—방송 성의껏 안 하냐ㅂㄷㅂㄷ

—이렇게 성의 없는 BJ는 처음 본다. 근데 이신이니까 인정.

—신이니까 시청자 무시해도 ㅇㅈ

—방송 해준 것만으로도 고맙게 여겨라 마인드ㅋㅋㅋㅋ

—야, 나 좀 데리러 와.

"택시 타."

—어우 야! 나 데리러 와라. 응? 응?

여자는 앙탈을 부렸다.

이신은 나직이 한숨을 쉬었다.

"알았어. 곧 갈게."

—히히, 아싸.

이신은 폴더폰을 닫고서는 게임을 그대로 종료해 버렸다.

"일이 생겨서 방송을 종료하겠습니다. 감사합니다."

채팅창이 또 시끄러워졌지만 이신은 그대로 방송을 종료해 버렸다.

운전사 정상범을 호출한 이신은 재킷을 입고 밖으로 나섰다.

롤스로이스 팬텀을 타고 인천공항으로 향했다.

인천공항에 도착하니 금방 이신의 눈에 한 여자가 띄었다. 여자 옆에는 커다란 캐리어 두 개가 있었다.

"저 여잡니다."

"알겠습니다."

정상범은 그녀 앞에서 차를 세웠다.

푸른색이 번쩍이는 롤스로이스 팬텀이 자기 앞에 서자 여자는 깜짝 놀라 눈이 휘둥그레졌다.

창문을 내리며 이신이 얼굴을 드러내자 그녀의 얼굴에 웃음꽃이 피었다.

"신아!"

"타."

"우와, 뉴스 보긴 했는데 차 진짜 좋다."

"타."

"으휴."

정상범이 그녀의 캐리어를 트렁크에 넣어주었다.

그녀는 이신의 옆자리에 탑승했다.

그녀의 이름은 채정아.

바로 이신의 친척 누나였다.

"와, 차 완전 좋아. 퍼스트 클래스 같아. 이거 얼마 주고 샀어?"

그녀는 차 내부를 둘러보며 감탄을 연발했다.

"4억."

"으와, 대박. 아 맞다! 시계도 보여줘 시계."

채정아는 이신의 손목에 채워진 바쉐론 콘스탄틴 손목시계를 보며 또 호들갑을 떨었다.

"이게 그 너랑 썸 탄다는 그 재벌녀가 선물해 준 거야?"

"썸 안 타."

"에이, 잘되면 좋지 뭐. 인터넷에서 검색해 보니까 그 여자 얼굴도 몸매도 완전 착하고 능력도 좋다더라. 네 광빠인 것만 빼면 완벽한 여자라다더라!"

깔깔거리는 채정아를 옆에 둔 채, 이신은 벌써부터 피로감을 느꼈다.

이신이 대화의 맥을 끊는 재주를 타고났다면, 그녀는 혼자서도 쉬지 않고 떠들어 대화를 잇는 능력의 소유자였다.

"아 맞다, 너 오른쪽 손목 봐봐. 손목 괜찮아?"

"괜찮아."

"한 번 보자니까."

채정아는 덥석 이신의 오른손을 붙들고 끌어당겼다.

그러고는 손목을 연신 만지작거리면서 계속 재잘거리는 그녀였다.

"1년 전에 그 사건 터졌을 때 내가 얼마나 걱정했는지 알아? 전화해도 받지도 않고. 당장 한국 돌아오고 싶었는데 영주권 신청 때문에 못 오고 발만 동동 굴렸잖아. 그땐 진짜 영주권 신청 포기하고 그냥 한국 돌아갈까 싶었다니까."

[진실.]

뜬금없이 발동된 상급 악마 엘티마의 거짓말 간파 능력.

손목을 조몰락거리며 마사지해 주고 있었던 탓에 채정아의 말이 진심이라는 것을 능력을 통해 알게 되었다.

자신을 걱정해 주는 마음이 진심임을 알게 되자 이신은 따스한 감정을 느꼈다.

아직도 걱정된다는 듯이 손목을 주물러 주는 그녀의 손길이 기분 좋았다.

"뭘 나 때문에 영주권 신청까지 포기해."

"걱정되니까 그렇지. 너한테 일 생겼는데 내가 가만히 있을 수 있니?"

"이제 괜찮아."

"휴, 그것도 그렇고 너 며칠 전에 미국 왔으면서 나한테 연락한 번 안 하냐? 진짜 너무하는 거 아냐?"

"바빴어."

"미국 온 김에 내 얼굴도 좀 보고 가지 뭐가 그렇게 바쁘신 몸이라서, 하여간 너 매정한 건 알아줘야 해. 가족끼리 그러는 거 아니다."

"……."

"아 그래, 가족 얘기 나오니까 생각난 건데, 너 외삼촌이랑 싸우고 집 나왔다면서?"

이신의 의지와 상관없이 대화는 강제적으로 계속 이어졌다.

"전화도 잘 안 받고 집에 코빼기도 안 비친다고 외숙모가 되게 상심하더라."

"어머니한테 부탁받았어?"

"헤헤, 응."

이신의 얼굴 표정에 불편한 기색이 떠올랐다.

채정아는 손목을 계속 조물조물 만지며 앙탈을 부렸다.

"아이 야, 내 입장도 좀 이해해 줘. 나 미국에서 공부하는 동안 외숙모가 간간히 용돈도 붙여주고 얼마나 잘해주셨다고. 힘내라고 응원도 해주시고."

"나는 응원해 주지 않았지."

차갑게 대꾸하는 이신이었다.

"에이, 부모님 욕심이 다 그렇잖아. 그래도 결국 너 하고 싶은 거 하면서 이렇게 성공했으니까 됐지 뭐."

채정아도 이신과 사정이 비슷했다.

미술을 전공한 그녀는 큐레이터가 되기 위해 미국에 유학을 가고 싶어 했는데, 회사를 물려받으라는 아버지의 반대에 부딪쳤다.

제법 잘나가는 중소기업이었던 탓에 아버지는 그녀에게 회사를 물려주고 싶었던 것이다. 유학비를 지원해 주지 않겠다고 버티는 아버지 탓에 채정아는 이러지도 저러지도 못하고 있었다.

그런데 진로를 놓고 대립하던 부녀의 갈등은 의외로 손쉽게 해결되었다.

이신이 돈을 선뜻 줘버렸다.

덕분에 채정아는 그 돈으로 미국으로 휙 하니 떠나 공부를 할 수 있었다.

덕분에 그녀의 아버지와 원수를 지게 되었음을 물론이었다.

이전에도 친한 사이였지만, 그날을 계기로 그녀는 이신을 가족처럼 여기게 되었다.

"졸업했어?"

"물론이지. 한국에서 좀 쉬고 다시 돌아가면 취직하려고."

"돈은?"

"에이, 이제 됐어. 아빠랑 화해했어. 아빠가 생활비 대주지롱, 히히."

"잘됐네."

마침 저녁 식사 때였으므로 두 사람은 레스토랑으로 향했다.

전에 지수민과 함께 갔던 호텔 레스토랑인데, 이신이 알고 있는 식당이라고는 그곳밖에 없었다.

고급 레스토랑에서 비싼 요리를 먹게 되자 채정아는 잔뜩 들떴다.

"여기 좋다. 이런 데도 알고, 제법이네?"

"전에 와봤으니까."

"여자? 그 재벌녀? 썸?"

"그 여자 맞고 썸 아냐."

"흐흐, 과연 그럴까?"

식사를 하는 중에 레스토랑의 여자들 시선이 흘깃흘깃 이신에게로 모였다.

격식 있는 최고급 레스토랑이었던 덕에 이신에게 말 걸고 방해하는 손님은 없었지만, 분위기만으로도 그의 인기를 알 수 있었다.

"가끔은 집에도 가보고 그래."

"내 집은 목동이야."

"에이, 부모님 생각도 좀 해라. 너 걱정하시잖아."

"상관 안 해."

"까칠하게 굴지 말고 두 사람 의견을 좀 절충해 봐."

"절충?"

"응, 프로게이머로 활동하고서 은퇴하면 외삼촌이랑 외숙모 바라시는 대로 대학 가서 공부하면 되잖아. 너 원래 공부 잘했으니까 나중에 다시 시작해도 할 수 있을 거야. 먹고 살 돈도 다 벌어놨겠다, 뭐가 문제니?"

"은퇴하고서 대학을 가라고?"

"응. 어차피 선수 생활 오래는 못 하잖아. 기분 나빴으면 미안."

"괜찮아. 그리고 할 수 있는 데까지 계속할 거야."

"더 이상 최고일 수 없어도?"

"……."

"나, 네 경기 봤어."

"이벤트 매치?"

"응. 옛날에는 진짜 귀신같았는데 지금은 좀 인간적이더라."

"뭐가?"

"1세트 진 거."

"……."

"힘에 부친 것 같던데, 맞지?"

"맞아."

채정아는 더 이상 그것에 대해 이야기하지 않았다. 하지만 이신은 충분히 말뜻을 이해할 수 있었다.

"다음에 외숙모 끌고 경기 보러 갈게. 외삼촌은 아직 무리일 것 같고."

"마음대로 해."

식사를 마치고 그녀를 데려다준 이신은 집으로 돌아왔다.

샤워를 하다가 문득 거울에 비친 스스로를 바라보았다.

거울 속의 자신도 그를 응시했다.

"옛날에는 진짜 귀신같았는데 지금은……."

"인간적이라고?"
나직이 뇌까렸다.
그는 피식 웃었다.
눈은 웃지 않았다.
가슴 속 깊은 곳에서 무언가가 부글부글 치밀어 오르기 시작
했다.

제9장

초열

다음 날, 일요일이었지만 이신은 연습실에 나타났다.

MBS 선수들도 다들 연습실에서 훈련을 하고 있었다.

숙소에서 단체 생활을 하는 프로게이머들은 주말도 반납하고 훈련을 하는 경우가 대부분이라 그리 특별한 일은 아니었다.

이신은 슥 선수들을 둘러보다가 입을 열었다.

"최찬영."

"예, 코치님."

"내 상대해."

"아, 예."

최찬영은 괴물 플레이어

올해 들어 하도 부진해서 다음 경기 엔트리에서 빠진 1군 선수였다.

이신은 그밖에도 어린 연습생 한 명을 더 불렀다.

"이름 뭐야."

"이철수요."

10대 후반 정도로 보이는 연습생 이철수가 대답했다.

"잘 들어. 넌 이제부터 게임 관전하면서 내가 무엇을 하고 있는지 최찬영한테 가르쳐 줘."

"네?"

"내가 어떤 유닛을 뽑고 어딜 공격하려고 하는지 즉각 최찬영한테 알려주라고."

최찬영도 이철수도 어안이 벙벙해졌다.

"그래야 연습이 될 거 아냐."

"…네."

어찌 보면 최찬영을 한참 무시하는 발언이었다.

뭘 하고 있는지 다 알면 웬만해서는 지지 않는다. 프로라면 지지 말아야 했다.

하지만 최찬영은 대꾸를 하지 못했다.

오늘따라 이신의 얼굴이 살벌했기 때문이다.

"안녕하세요."

자리에 앉자 옆자리에서 주디가 인사를 건넸다.

이신은 대꾸 없이 그대로 게임을 실행했다.

반대편에 있던 방진호 감독이 그런 이신을 수 보면서 고개를 갸웃거렸다.

"뭔 일 있어?"

"아뇨."

"근데 왜 이렇게 살벌해?"

"박영호 이거야죠."

쌍영의 박영호.

이신과 1승 6패의 좋지 않은 전적을 가졌지만, 특유의 스타일을 확립하고서는 전혀 다른 사람이 되었다.

철벽괴물.

공격성이 다분한 괴물을 디펜스 위주로 플레이하면서 확장.

그러고는 엄청난 자원을 바탕으로 물량을 끊임없이 뽑아내 압도한다.

그런 그의 철벽 디펜스는 같은 '쌍영'의 광기신족 최영준조차도 뚫기 힘들었다.

상대 공격을 미리 예측하고 대응하는 능력을 갖지 못하면 그런 디펜스가 불가능하다.

그리고 거의 모든 게임을 후반으로 끌고 가서 상대를 압살해 버리는 후반 운영.

한마디로 박영호는 국내에서 피지컬과 멀티태스킹이 가장 뛰어난 선수 중 하나인 셈이었다.

그래서 이신은 박영호를 기필코 꺾어야 할 목표로 정했다.

'죽여 버린다.'

이신의 눈빛이 매섭게 타올랐다.

그렇게 치열한 연습이 시작되었다.

최찬영에게는 지옥과도 같은 연습이었다.

알아도 막을 수가 없었다.

이철수가 계속 사전에 알려줘서 대비를 하는데도 막아내지를 못했다.

그렇게 한 게임이 끝나면 이신이 최찬영을 불러서 질책했다.

"뭐해 지금?"

"죄송합니다."

"네 대가리 속에는 상대가 언제 어디로 온다고 정해진 공식이라도 있어? 그래서 상대가 불규칙 타이밍에 치고 들어오면 매번 뚫리는 거냐고."

"…죄송합니다."

"초능력을 가지라는 게 아니야. 맵 장악 똑바로 해서 상대 움직임을 파악하란 말이야. 알았어?"

"예."

"지켜본다. 접속해."

그리고 재개된 연습게임에서 이신은 또다시 승리를 거두고 최찬영을 실책했다.

"박영호가 왜 디펜스가 좋은지 알아?"

"……."

"너보다 3배는 더 부지런해. 너처럼 유닛을 가만히 놀게 놔두지 않는다고. 괴물은 그래야지. 실력이 없으면 더 부지런하기라도 해야 할 거 아냐?"

"더 열심히 하겠습니다."

"승리는 공짜가 아니야."

"예."

다시 연습에 임하는 최찬영의 얼굴은 괴로움으로 가득 차 있었다.

"인마, 적당히 해. 애를 잡을 거야?"

갈수록 살벌해지는 연습실 분위기 속에서 보다 못한 방진호 감독이 한마디 했다.

이신이 말했다.

"최찬영, 감독님이 키웠죠?"

"그렇지. 이 팀에 내가 안 키운 애들이 어디 있어."

"최찬영이 이 정도로 좌절할 애예요?"

"그렇게 멘탈이 약하진 않지."

"그래서 연습 상대로 골랐어요. 까도 괜찮은 애로."

"…악마 같은 새끼."

독설도 사람을 봐가며 하는 이신이었다.

이신의 말대로 최찬영은 욕을 먹을수록 점점 경기력이 올라왔다.

연습생 이철수가 옆에서 이신이 뭘 하는지 사전에 이야기해 주는데 1군 선수가 맥없이 패할 리가 없었다.

점점 최찬영의 승리가 늘어나면서 스코어는 백중세가 되었다.

"외숙모!"

"어이고, 우리 딸!"

"깔깔! 진짜 내가 이 집 딸 같아."

채정아는 외숙모를 끌어안고 방방 뛰었다.

외숙모, 즉 이신의 어머니는 채정아를 반갑게 맞이해 주었다.

"배고프지?"

"헤헤, 네. 맛있는 거 해준대서 쫄쫄 굶고 왔어."

"그래그래, 갈비찜 해놨어."

"아앙! 나 그거 너무 먹고 싶었어! 외삼촌은?"

"그 양반은 또 무슨 논문 준비한다고 정신없다."

"아잉, 우리 외숙모 심심해서 어떡해!"

채정아의 애교에 이신의 어머니의 얼굴에도 웃음꽃이 그칠 겨
를이 없었다.

"어휴, 정말 너 같은 며느리 얻고 싶다. 그럼 삭막한 우리 집안
이 확 살 텐데."

"재벌녀 말고?"

"재벌은 무슨, 그런 처사는 내가 무서워 해."

"근데 우리 외숙모 어쩌나? 신이 주변에 그런 재벌들 되게 많
은데."

"그러니?"

"응응, 그때 스캔들 터졌던 재벌녀 말고도 같은 팀에 신이 제
자라는 외국애도 캐나다에서 알아주는 재벌이래"

"그러니? 그런 애가 신이 제자야?"

"제자다마다. 주디라는 앤데 걔도 신이 광팬이라서 한국 온 거래."

"어휴, 외국인 재벌도 무서운데."

"에이, 걔는 안 무서워. 실제로 보면 얼마나 귀여운데. 볼래? 자."

스마트폰을 꺼내 잽싸게 주디스 레벨린의 사진을 보여주는 채정아.

데뷔 첫 승을 거두고서 팔짝팔짝 뛰며 기뻐하는 모습의 주디였다.

"어머, 귀엽네."

"그치?"

"외국인이라서 좀 그랬는데 보니까 귀엽다."

"이런 며느리는 어때?"

"활기차니 좋아 보인다, 애. 으휴, 누군들 어떠니. 아무라도 좋으니 좀 데려왔으면 좋겠어."

"에잉, 생각 같아서는 그냥 내가 확 신이 마누라 하고 싶은데. 근데 신이 디펜스가 너무 세. 철벽이야, 철벽."

"여자가 누구든 너처럼 붙임성 없으면 고생 좀 할 거다. 성질머리가 지 아버지 소싯적 쪽 빼닮았거든."

"외삼촌도 젊을 때 그랬어?"

"그 정도까진 아니었지. 어디서 그런 독한 게 나온 건지 내 배 아파서 낳았지만 나도 모르겠다."

"다 외삼촌 탓이야. 그냥 게임 하겠다는 거 놔뒀으면 성격이

저렇게까지 모나진 않았을 텐데."

"휴우, 그러게 말이다. 나도 참 신이한테 잘못 많이 했지."

이신의 어머니는 한숨을 푹푹 내쉬었다.

"그런데 어떤 어머니가 반대를 안 하겠니? 아들이 게임으로 먹고 살고 싶다는데 걱정되잖니."

"근데 저렇게 성공했잖아. 그럼 이제 좀 인정해 줄 만도 한데 왜 그랬대."

"다쳤잖니! 나도 잘했다 수고했다 해주고 싶은데, 손목 부서진 거 보고 너무 속상해서 그만……."

결국 모자 관계는 그런 식으로 어긋나 버린 것이었다.

"그럼 이제라도 화해하는 건 어때?"

"화해?"

"며칠 후에 신이 경기 있는데 같이 가서 응원하자."

"그래도 될까?"

"안 될 건 또 뭔데?"

"우리 그이가 아주 싫어하잖니."

"웃겨, 정말. 그럼 이제 와서 어쩔 건데? 벌써 프로게이머로 다 성공한 애를 갖다가 이제 와서 그만하래? 막말로 신이가 외삼촌보다 훨씬 성공했는데."

"얘가, 그런 말하면 못써."

"외삼촌 앞에서는 안 하네요."

채정아는 혀를 빼쭈 내밀었다.

이신의 어머니는 눈을 흘기고는 부엌에 가서 식사를 차려주었다.

함께 맛있게 식사를 하면서 채정아는 쉬지 않고 떠들었다.

"그러지 말고 같이 가자. 응?"

"괜히 내가 가서 얼굴 내비쳤다가 신경 쓰이게 해서 경기에 방해될라."

"방해 안 돼. 외숙모는 자기 아들을 그렇게 몰라?"

"휴……. 알지, 그놈 독한 거. 그래, 괜히 찾아갔다가 무시당할까 봐 겁나서 그런다, 왜?"

"에이, 신이가 그렇게 못되지는 않았지."

"어이구, 충분히 못됐어."

"아냐, 외숙모. 신이는 말이지, 표현하자면 나쁜 게 아니라 성격에 장애가 좀 있을 뿐이야."

"성격 장애가 더 무섭다, 애. 그리고 남의 귀한 자식한테 장애가 뭐니?"

"장애 맞지 뭐. 배려 장애, 말투 장애, 겸손 장애. 깔깔!"

이신의 어머니는 채정아를 철썩 때렸다. 깔깔거리는 웃음소리가 끊이질 않았다.

"아무튼 같이 가기다? 그렇게 차근차근 화해하지 않으면 안 된다고. 그래야 나중에 걔 은퇴하고 나면 공부하라고 권할 수도 있고 그렇지."

"그럴까?"

"그렇다니까, 같이 가자. 외삼촌 눈치 보지 말고. 솔직히 외삼촌이 잘못한 거잖아!"

이신의 어머니는 마지못해 고개를 끄덕였다.

신이 난 채정아는 이신에게 전화를 걸었다.

—왜?

"얘야. 여보세요, 하고 받는 게 전화 예절이란다."

—용건.

"으휴, 못살아 정말. 내일모레 경기 티켓 2장만 줘."

—2장?

"응, 외숙모랑 같이 보러 갈 거다. 왜? 부담돼? 엄마 앞에서 경기하려니까 콩닥콩닥하고 겁나?"

—알았어. 바쁘니까 끊어.

이신은 일방적으로 통화를 끊었다.

채정아는 실실 웃으며 물었다.

"이래도 장애가 아니야?"

"……."

스피커폰으로 통화 내용을 들은 이신의 어머니는 민망해져서 숙인 고개를 들지 못했다.

어쩌다 아늘이 저렇게 컸는지 알 수가 없었다.

그렇게 이틀이 지나고 마침내 경기 당일이 되었다.

이신의 어머니를 데리러 온 채정아는 집 대문 앞에 서 있는 푸른색 롤스로이스 팬텀을 보고 깜짝 놀랐다.

차량에서 내린 운전사 정상범이 고개를 숙여 인사했다.

"모시러 왔습니다."

"신이가 보냈어요?"

"예, 그리고 전해드리라는 티켓입니다."

정상범은 티켓이 들어 있는 종이봉투를 건넸다.

"어머어머, 어쩜!"

놀란 채정아는 집에 들어가 후다닥 이신의 어머니를 데리고 나왔다.

이신의 어머니 또한 집 앞에 대기 중인 롤스로이스 팬텀을 보고 놀랐다.

"이게 신이 차니?"

"응, 면허증 없어서 운전사까지 같이 질렀대. 깔깔!"

"신이가 우리 경기장 오라고 차 보내준 거야?"

"그렇다니까. 나도 깜짝 놀랐어. 가끔 잘해주는 나쁜 남자, 신이 완전 매력 터지네."

두 사람은 뒷좌석에 탔다.

차 내부를 살펴보면서 이신의 어머니는 계속 놀랐다.

좋은 집안에 시집 와서 부족함 없이 살아온 그녀였지만, 이런 호사는 처음이었다.

기업 회장이라도 되지 않으면 전문 운전사가 모는 롤스로이스 팬텀의 뒷자리에 탈 일이 없는 것이다.

"우리 신이가 이렇게나 성공했니?"

"외숙모는. 전 세계에 팬이 몇 명인데. 걔가 돈 벌겠다고 나서 넌 새빌도 늴 수 있니."

이신의 어머니는 차 내부를 둘러보며 혀를 내둘렀다.

롤스로이스 팬텀은 운행 내내 사람들의 주목을 받았다.

처음에는 좋은 차라서 그런가 보다 싶었는데, 경기장에 이르자 주목도가 더욱 심해졌다.

사람들, 특히 여자들이 차를 가리키며 수군거리더니 뭐라고 소리를 지르며 마구 쫓아오는 것이었다.

"저, 저 사람들 뭐니?"

"신이 팬들이야."

차가 경기장 입구 앞에 멈추자 롤스로이스 팬텀은 수많은 인파로 둘러싸여 버렸다.

정상범이 먼저 내려서 교통정리를 했다.

"이신 선수는 이곳에 없습니다! 타고 계신 분은 가족 분들이니 부디 양해 좀 부탁드리겠습니다!"

"가족?"

"그럼 신 오빠는 팀 차량 타고 오나 보다."

그제야 팬들이 길을 열어주었고, 두 사람은 비로소 차에서 내릴 수 있었다.

이신의 어머니와 채정아는 지나가는 내내 여자들의 시선을 느껴야 했다.

이신교의 광신도들 입장에서는 이신의 가족을 보는 것이 이번이 처음이었다.

"교주 언니, 신 님 가족 분들이 경기장에 오셨대요."

스마트폰을 만지작거리던 여자가 말했다.

지수민은 놀라 눈을 동그랗게 떴다.

"가족 분들? 정말로?"

"네, 어머니랑 또 젊은 여자라던데."

"젊은 여자?"

지수민을 포함하여 VIP석에 앉은 여자들의 표정이 일제히 험악해졌다.

어머니와 함께 관람하러 온 젊은 여자라니!

"설마 며느릿감으로 내정된 여자라도 되는 거야?"

"에이, 설마. 신 님께 그런 여자가 어디 있어요?"

"혹시 모르잖아. 전통 있는 집안이라 본인 의사와 상관없이 부모님이 혼사를 결정했을 수도 있죠."

"에이, 조선시대도 아니고."

"아냐, 나 그런 집안 알아. 재벌들 중에 유서 깊은 문중(門中)은 그러기도 해."

VIP석에 나란히 앉은 대사제들 사이에서 논란이 벌어졌다.

이럴 때 나서는 건 어김없이 교주 지수민이었다.

지수민은 잽싸게 어디론가 전화를 걸었다.

—예, 아가씨.

"상범 오빠! 그 여자 누구예요?"

—친척 누나라고 들었습니다.

"오키, 수고!"

지수민의 얼굴이 악마에서 천사로 바뀌었다.

"친척 누님 되시는 분이라네요."

"아하."

"난 또."

"친척 누님이시구나."

분위기가 급격히 온화해진 대사제들이었다.

"잠깐, 선수들 가족들은 보통 VIP자리에 초청되죠?"

"네, 바로 요 근처에……."

무슨 이유인지 그녀들을 일제히 화장을 고치기 시작했다.

이윽고 두 여성이 그녀들이 앉은 VIP석에 나타났다.

중년 여성과 젊은 여성은 지수민의 옆자리에 앉았다.

"안녕하세요."

지수민이 온화하게 미소를 지으며 인사를 건넸다.

"아, 네, 안녕하세요."

중년 여성, 바로 이신의 어머니는 의아해하면서도 인사에 화답했다.

그런데 같이 온 채정아는 지수민의 얼굴을 알아보았다.

"아, 그 신이랑 썸 타는 재벌녀다, 맞죠?"

썸이라는 단어에 잠시 당혹한 지수민은 이윽고 아까보다 한층더 온화한 미소로 고개를 끄덕였다.

"호호, 맞아요. 이신 씨와는 친척 누님 되시죠?"

"절 아세요?"

"네, 이신 씨에게 얘기 많이 들었어요."

이도저으로 이신의 애인인 양 말하는 지수민.

"우와, 신이와 그런 사소한 이야기를 나눌 정도면 정말 보통 사이가 아닌 건데."

그때였다.

"썸 같은 사이 아니에요."

"저희는 그냥 팬클럽 회원이에요."

"맞아요, 그분은 그냥 팬클럽 회장이라서 자주 연락을 나눌 뿐이고요."

"괜한 오해를 하지 않으셔도 돼요."

대사제들은 일제히 진실을 위해 나섰다.

지수민은 얼굴 표정이 살짝 찡그러졌다가 다시 원상 복구되었다.

"아하, 그럼 다들 신이 팬 분들이시구나. 우리 신이 응원해 줘서 고마워요."

"아이, 뭘요."

"신 님 팬 아닌 사람 찾기가 더 힘들걸요."

"e스포츠 팬과 신님 팬은 거의 동의어죠."

지수민과 대사제들은 일제히 명함을 꺼내 채정아와 이신의 어머니에게 공손히 건넸다.

올도어 부사장, 치과 의사, 패션 디자이너, 메이크업 아티스트, 화가 등 직업군도 다양했다.

"어머머, 다들 대단한 분들이시다."

채정아는 명함을 보며 감탄했다.

"이이, 별밀씀을요."

"신 님의 친척이 더 대단하죠."

"신 님의 가족은 그 자체로 성혈이에요."

"신혈이 아닐까?"

"올림포스의 일족급이지."

그녀들의 농담에 웃음을 터뜨리는 채정아였다.

그녀들과 금세 친해지자 채정아는 장난스러운 눈빛을 띠더니, 불쑥 이신의 어머니에게 말했다.

"외숙모, 며느릿감 그냥 이 중에서 골라도 될 것 같지?"

"어휴, 과분하지. 다들 예쁘시고……."

이신의 어머니는 영혼 없이 웃으며 대꾸했다.

당연하게도 그냥 예의상 한 말이었다.

하지만 그로 인하여 지수민과 대사제들은 일제히 눈빛이 돌변하였다.

그리고 소리 없는 전쟁이 시작되었다.

대사제 '이신교순교자'.

한국 미술계에서 유망주로 주목받는 29세의 화가 안영희는 큐레이터를 지망하는 채정아와 코드가 맞아 폭넓은 미술 교양을 주고받기 시작했다.

참고로, 그녀는 인터넷에 떠도는 이신의 초상화·일러스트를 그린 장본인이었다.

대사제 '신께서보고계셔'.

강남의 잘나가는 치과를 물려받은 30세의 치과 의사 이미주는 이신 어머니의 치아 건강을 걱정해 주기 시작했다.

이신에게 스케일링을 해주다가 반해 대사제까지 된 그녀는 그

때 이신의 입술을 핥고 싶었다고 고백해 이신교의 전설이 되기도 했다.

대사제 '이신전심'.

25세의 메이크업 아티스트 유정희는 두 사람에게 어울리는 화장법을 조언해 주기 시작했다.

담당하는 유명 가수와 함께 이신의 팬이 되었다는 그녀는 정체를 드러내지 않은 유명 가수와 함께 대사제가 되었을 정도였다.

대사제 '신님의옷이될래'.

27세의 패션 디자이너 정민영은 두 사람에게 어울리는 패션 코디를 조언해 주며 함께 쇼핑을 하자는 약속까지 따내 모두의 부러움을 샀다.

참고로 매일 이신에게 문자로 패션 코디를 일러주는 장본인으로, 이신 본인보다 더 그의 옷장을 잘 파악하고 있는 그녀였다.

그밖에도 대사제들이 인사를 하던 중, 잠시 자리를 비웠던 지수민이 돌아왔다.

"이것 좀 드세요. 호호, 입에 맞나 모르겠네요."

간식거리와 음료수를 잔뜩 가져온 지수민은 모두에게 나눠주며 잘 챙겨주는 현모양처 행세를 시작했다.

대단한 여자들이 열심히 덤벼드는 통에, 이신의 어머니는 어안이 벙벙해졌다.

평소에도 혼담은 많이 들어오지만 그건 부모님들끼리의 이야기일 뿐, 이런 경우는 처음이었다.

그런데 바로 그때였다.

"꺄아아아악!"

"와아아아아!"

어느새 경기장에 가득 찬 관중들이 소리를 지르기 시작했다.

깜짝 놀라 앞을 바라보니 양 팀 선수들이 입장하고 있었다.

그중에는 당연히 이신도 포함되어 있었다.

        *   *   *

―박영호 선수, 트위터에 이신 선수와 겨뤄서 설욕하겠다고 포부를 밝히셨는데 정말로 2세트에서 대결이 성사되었어요. 이게 우연입니까?

"2세트 맵 붉은 사막에서 제가 이신 선수에게 3차례나 패한 바 있었기 때문에 거기서 만날 수 있을 거라고 생각했습니다."

―아, 그렇군요. 이거 지난번 1차전 때에 이어 이번에도 이신 선수 대 박영호 선수라는 굵직한 매치를 보게 되었네요. 오늘 오신 팬 여러분들은 정말 호강하시는 겁니다!

"와아아아아!"

"이신! 이신! 이신!"

"박영호! 철벽괴물 박영호!"

팬들이 응원카드를 흔들며 열광하였다.

과거의 최강자 이신과 현재의 최강자 박영호의 대결!

스페이스 크래프트 커뮤니티에서 네티즌들이 열심히 키보드 배틀을 펼치던 바로 그 승부가 마침내 펼쳐지게 된 셈이었다.

양 팀 출전 선수가 무대에 나와 인터뷰를 하게 되었다.

선수들이 돌아가면서 한마디씩 하다가 이신의 차례가 되었다.

─이신 선수, 박영호 선수가 저렇게 자신감이 넘치는데 한 말씀 부탁드리겠습니다.

"꼭 이기겠습니다."

─…그게 끝입니까?

"예."

─오늘따라 좀 저기압이시네요? 평소처럼 독설도 좀 하고 그래야죠.

"독설 안 좋아합니다."

그 말에 관객들은 물론 사회자 이병철까지 웃음이 터져 버렸다.

─그럼 평소에 하는 말은 독설이 아니었다는 거군요?

"예."

─라고 하는데 박영호 선수는 어떻게 생각하십니까?

박영호는 기가 차다는 듯이 말했다.

"아니, 저 금메달 못 땄을 땐 우리 팀의 책임이라면서 팀 디스를 해놓고 이제 와서 뭔 소리를 하는지……!"

관중들이 낄낄대며 웃었다.

─라는데요 이에 대해 할 말이 있습니까?

사회자 이병철의 물음에 이신이 말했다.

"생각해 보니 그 발언은 제 생각이 짧았습니다."

─오, 잘못을 시인하는 겁니까?

"전 팀의 지원 같은 거 없이도 금메달 잘만 땄는데, 그냥 박영호 선수가 못한 것 같습니다."

환호와 웃음이 사방에서 터져 나왔다. 그 도발에 박영호도 웃음을 머금었다.

─와, 금메달을 3개나 갖고 계시는데 정말 부럽네요. 어떻게 혼자서 3개씩이나 갖고 계세요?

"상대가 없었습니다."

─이야, 그 말씀도 역시 가슴에서 우러나오는 진심이죠?

"예."

─자자, 박영호 선수. 그 시절에 박영호 선수도 현역이었는데, 상대가 없었다는 말에 대해 한 말씀 부탁드려요.

관객들의 웃음 속에서 박영호가 마이크를 잡았다.

"다 지난 추억이란 걸 보여주겠습니다."

─오, 그럼 이신 선수도 마지막으로 한마디.

"나 이기면 금메달 하나 준다."

"아, 필요 없어!"

발끈하고 리액션을 보인 박영호의 예능감에 다시금 웃음바다가 된 경기장이었다.

경기 전 인터뷰는 그렇게 성황리에 마쳐졌다.

양 팀 선수는 무대 양옆의 각자 팀 벤치로 돌아갔다.

─자, 드디어 기다리고 기다렸던 2020년 프로리그 4라운드 제3차전! MBS 대 JKT의 대결을 시작합니다. 먼저 1세트는 MBS의

짭, 아니 박신 선수 대 JKT의 진철환 선수입니다.

—최근 부진 중인 박신 선수와 반대로 기세가 오르고 있는 진철환 선수의 대결이네요.

—예, 하지만 이번 경기에서 저 상승세의 진철환 선수를 잡아낸다면, 박신 선수 이걸 계기로 부진을 떨칠 수 있는 거 아니겠습니까?

—물론입니다. 박신 선수도 작년에는 승률 54%의 준수한 활약을 보인 견실한 선수인데, 이신 선수도 MBS에 합류해서 분위기가 바뀌고 있는 이때에 다시 컨디션을 회복해서 팀에 힘을 주어야겠습니다.

—예, 맞습니다. MBS도 포스트시즌에 진출하려면 이번 4라운드는 반드시 승점을 많이 따야 하거든요!

—4라운드 플레이오프에서도 우승해서 추가 승점을 가져가야 비로소 포스트시즌을 노려볼 만한 승점이 되죠. MBS로서는 이번 4라운드가 팀 성적 부진을 떨칠 수 있는 정말 중요한 라운드입니다.

—예, 두말하면 잔소리죠 그럼 1세트, 시작합니다!

그렇게 경기가 시작되었다.

이신은 가만히 눈을 감고 명상에 잠겼다.

오늘 오전까지 줄곧 봤던 박영호의 경기 영상을 복기하며 이미지 트레이닝을 했다.

전략은 이미 설정한 상태.

계속 시나리오를 머릿속에서 돌리며 디테일한 부분까지 구상을 했다.

그러다가 문득 눈을 뜨고 VIP석 좌석 쪽을 바라보았다.

채정아와 어머니가 오늘 경기장에 온다고 들었다.

VIP석 쪽을 쭉 훑어보니 팬클럽 회장 지수민과 회원들이 보였다.

그리고 지수민의 옆에 앉은 채정아와 어머니가 보였다.

"신아! 여기!"

눈이 마주치자 채정아가 신나게 손을 흔들었다.

채정아는 어머니의 손도 붙잡고 억지로 같이 흔들어 보였다.

어머니는 민망해하면서도 이신을 응시했다.

"……."

이신은 아무 말도 할 수가 없었다.

묘한 기분이 들었다.

자신의 경기를 보러 온 어머니…….

한 번도 본 적도, 어느 순간부터는 상상해 본 적도 없었던 풍경이었다.

복잡한 기분이 들었다.

이신은 말없이 채정아와 어머니에게서 시선을 뗐다.

*   *   *

"어쩜, 리액션이 없네. 앉은 척시끄도 좀 해라. 쟤 진짜 성격 장애라니까."

채정아가 투덜거렸다.

그런데 이신의 어머니가 나직이 말했다.

"인사하잖니."

"인사한다고?"

"손."

어머니의 말 대로였다.

이신의 오른손이 두 사람을 향해 살짝 들려 있었다.

"와, 저게 인사야?"

채정아의 얼굴이 황당함으로 물들었다.

하지만 그러거나 말거나, 어머니는 눈시울이 붉어졌다.

어머니는 어느새 두 손을 모아 꽉 쥐었다. 아들의 승리를 간절
히 바라는 모습이었다.

―박신 선수 승리!

오랜만의 승리였다.

박신은 부스에서 나와 팀원들과 하이파이브를 했다.

하지만 경기장의 분위기는 대체로 가라앉아 있었다. 두 선수
의 경기력이 별로였기 때문이었다.

특별한 모습을 보여주지 않은 평범 그 자체의 박신.

그리고 쐐기충을 꼬라박아서 대량으로 잃는 바람에 삽시간에
불리해진 진철환.

그래서 박수를 쳐 주는 MBS 팬들 외에는 딱히 호응이 없었
고, 박신도 딱히 크게 들떠서 기뻐하지는 않았다.

하지만 다음 순간, 관중들은 다시 뜨겁게 환호하기 시작했다.

이신과 박영호가 부스에 들어가 2세트를 준비하기 시작했기 때문이다.

인공지능 컴퓨터를 상대로 테스트 게임을 하면서 이신은 살기 가득한 눈빛을 띠었다.

일꾼 숫자, 건물 배치, 컨트롤.

미리 정해놓은 정교한 시나리오대로 기계처럼 움직였다.

머릿속에서는 박영호를 기필코 꺾고 예전의 명성을 되찾겠다는 생각으로 가득했다.

"이신 선수, 준비 다 되셨습니까?"

스태프가 부스에 들어와 물었다.

"예."

"알겠습니다. 곧 시작됩니다."

경기 시작을 앞두고 이신은 잠시 VIP석 쪽을 바라보았다.

이신의 시선을 귀신같이 알아챈 채정아가 손을 흔들며 좋아했다. 지수민과 대사제 일당도 환호했다.

그리고 두 손을 꽉 모아 쥐고 있는 어머니.

기도하는 어머니.

어쩐지 가슴이 먹먹해졌다.

스무 살, 첫 데뷔를 하던 시절에는 저 모습을 어찌나 보고 싶었던지…….

마음속에 응어리졌던 무언가가 눈 녹듯이 사라지는 것을 느꼈다.

가슴이 두근거렸다.

오래전에 멈춰 있었던 심장이, 처음 데뷔하던 그 시절로 돌아간 것처럼 즐겁게 뛰었다.

게임을 하고 싶다.

어서 하게 해줘.

설레서 참을 수가 없어.

그리고 게임 시작 카운트다운이 시작되었다.

Kaiser : 인류

Runner : 괴물

맵 : 붉은 사막

이신이 택한 종족은 인류였다.

*   *   *

―오랫동안 기다리셨습니다! 드디어 만인이 기다려 온 대결이 시작되었습니다!

―정말 수많은 팬 분들이 고대한 대결이었죠. 제발 이신과 박영호를 붙여달라고 프로리그협회 게시판이 난리도 아니었단 말입니다.

―예, 그렇습니다! 2020년의 한국 최강을 대표하는 쌍영 중 하나! 개인리그 우승과 월드 SC 그랑프리 은메달에 빛나는 JKT의

에이스 박영호가 출격했습니다! 그리고 상대는 말이 필요 없죠. 절대무적의 카이저, 이신입니다!

—1승 6패. 박영호 선수로서는 참 진절머리가 나는 굴레란 말이죠. 사실 많은 분들이 박영호 선수가 못하다가 갑자기 대오각성을 했다고 표현하시는데, 사실 그렇지 않거든요.

—아, 그렇죠. 사실 작년 초부터 계속 프로 팀 관계자들은 주목을 하고 있었다고 들었습니다.

—예, 그렇습니다. 아주 이전부터 기량이 올라오기 시작한 선수로, 사실은 진즉에 톱클래스는 아니더라도 이신 선수 바로 아래, 즉 황병철 선수 같은 2인자 라인에 포함되어야 할 클래스였거든요. 그런데 개인리그에 출전했다 하면 고비마다 이신 선수랑 일찍 만나는 바람에 광탈의 쓴잔을 맛봐야 했습니다. 정말 지독히 운 없는 경우였어요.

—하하, 그 연속 광탈에는 황병철 선수도 한몫했죠.

—그렇습니다. 공교롭게도 이신 선수도 황병철 선수도 둘 다 공격성이 극단적인 스타일이란 말이에요. 어쩌면 지금의 철벽괴물은 두 선수에게 독기를 품고 갈고 닦은 완성체라고 할 수 있습니다.

—그리고 이제 마침내 갈고 닦은 그것을 이신 선수에게 선보일 순간이 왔군요!

—예, 화제가 되었던 트위터로 알 수 있듯 오늘 박영호 선수의 각오가 남다릅니다. 오늘 이 주 독기가 올랐을 겁니다. 요번 그랑프리에서 이신 선수를 쏙 빼닮은 엔조 주앙에게 금메달까지 놓

쳤거든요.

─어휴, 그 정도면 열 받아서 아주 약 빨고 덤빌 기세겠네요.

해설진의 유쾌한 해설대로였다.

화면에 잡힌 박영호는 잔뜩 굳어 있는 표정으로 플레이를 하고 있었다.

선택한 빌드는 3부화실 빌드.

아무것도 없이 앞마당과 본진 입구 부근에 부화실 2개를 짓고 시작하는 과감한 빌드였다.

초반의 도박성 기습 전략인 치즈러시를 실패한 적이 거의 없는 이신이라는 점을 감안하면 과감하기 이를 데 없는 선택이었다.

하지만 박영호는 그저 행운을 바라고 그런 선택을 한 게 아니었다.

평소보다 빠른 정찰로 이신의 동태를 파악한 것.

광산에 제철소를 먼저 짓는 이신의 빌드를 보고 초반에는 공격이 없을 거란 걸 알아채고서 내린 판단이었다.

─3부화실 빌드로 힘을 줍니다.

─이신 선수는 앞마당 확장 후에 기갑정거장을 먼저 짓는데요, 저러면 보병이 많지 않아 초반에 약해지죠.

─병영 체제를 생략하고 바로 기갑 체제로 가네요. 저러면 박영호 선수에게 타이밍이 나오지 않나요?

─예, 그렇습니다. 부화실 3개에서 독갑충을 잔뜩 생산해 공격에 들어가면, 그땐 이신 선수 쪽은 아직 기갑 병력이 많지 않은

타이밍이거든요.

먼저 움직인 쪽은 이신이었다.

기갑정거장에서 나온 고속전차가 박영호의 진영으로 달렸다. 스피드 업그레이드가 되지 않아 느린 스피드였다.

박영호의 앞마당에 당도한 고속전차.

앞마당에 독침충 2마리가 보였지만, 이신은 본진으로 들어가는 출입구가 비어 있는 걸 포착했다.

과감하게 안으로 파고드는 이신.

아래쪽에서 독침충 2마리를 유인해 끌어내리고는, 곧장 위로 움직여 출입구로 파고들었다.

날카로운 센스!

하지만 더 놀라운 상황이 벌어졌다.

본진에 들어가 보니 독침충 3마리가 기다리고 있었던 것.

이신의 반사 신경은 매우 빨랐다.

그걸 보자마자 함정이란 걸 깨닫고 고속전차를 빼버렸다.

하지만 박영호도 빨랐다.

앞마당의 독침충 2마리가 퇴로를 막은 것.

퍼엉―!

결국 첫 생산된 고속전차는 독침 세례를 받아 아깝게 파괴되고 말았다.

―와아!

―역시 박영호! 함정을 파놓고 있다가 멋지게 고속전차를 싸먹었습니다!

─파고들고 빼는 이신 선수의 판단도 빨랐습니다만, 박영호 선수가 더 빨랐어요! 문 열어줘서 들여보내고 나가려니까 바로 문 닫고!

─아, 너무 아깝습니다. 저 고속전차로 지뢰 개발 완료되면 지뢰 매설해 방어를 해야 했던 것 아닙니까? 너무 욕심을 부렸습니다, 이신 선수.

─그래도 파고든 덕분에 3부화실에 빠른 독침충 체제라는 걸 알아냈죠. 정찰이 되었으니 아예 손해 본 건 아닙니다.

지켜보는 팬들은 흥분했다.

시작부터 나온 감각적인 공방에서 초일류들의 명경기 냄새가 풍기기 시작한 것이다.

해설위원 정승태의 분석대로였다.

박영호는 부화실 3개에서 생산한 독침충들로 공격을 개시했다.

그리고 고속전차를 희생해 그걸 알아챈 이신은 보병을 5명까지 생산했다.

물론 그것으로는 턱없이 부족해 보였다.

하지만 이신은 앞마당 통로를 막은 심시티(전략적 건물 배치), 건설로봇들의 블로킹, 그리고 곧 생산되는 기동포탑으로 수비가 가능하다고 판단했다.

이신의 앞마당 앞에 당도한 독침충들이 공격을 개시했다.

군량고 2개와 병영 1개로 막혀 있는 통로.

일단은 군량고 1개를 먼저 공격하는 독침충들.

멀리서 독침을 쏘는 탓에 안쪽에 있는 보병들의 사거리에 닿지 않았다.

—자, 일단 막아놓은 심시티부터 뚫기 시작합니다.

—여기서 박영호 선수에게 선택지가 있습니다. 군량고 2개와 병영 1개를 파괴해서 타격을 준 후에 물러날지, 군량고 1개만 부순 뒤에 바로 파고들어서 게임 끝낼지!

전자를 선택할 경우, 건물 3개를 다 파괴했을 때, 인류는 기동포탑의 포격모드 개발이 완료될 타이밍이었다.

본진 안에서 기동포탑이 쏘는 포격을 맞아가며 싸울 수는 없기 때문에 후퇴할 수밖에 없다.

반면 후자를 선택할 경우, 포격모드 개발이 완료되기 전이므로 더 유리하게 싸울 수 있다. 다만 과감한 공격이므로 그만큼 위험이 따른다.

건설로봇들이 달려들어 부서지는 군량고를 수리했지만, 독침충들의 집중 공격이 만만치 않았다.

앞으로 다가가 건설로봇들을 부수고, 보병들이 총을 쏘려고 나가오면 다시 한 걸음 물러나 군량고를 때리고…….

날렵한 움직임으로 마침내 군량고를 파괴했다.

그리고 박영호의 판단은,

—치고 들어갑니다!

—거칠게 돌파를 시도합니다! 이신 선수, 얼른 막아야죠! 기동포탑 1기가 마니 있습니나!

박영호의 독침충은 건설로봇을 일점사격으로 파괴하며 한 걸

음씩 전진하는 무빙을 선보였다.

―으악!

―아아악!

보병들도 독침세례로 죽어나갔다.

앞마당 안에 들어온 독침충들이 출입구를 통해 본진으로 들어가려는 순간,

―이신 선수, 블로킹!

앞마당에서 일하던 모든 건설로봇들이 뛰쳐나와 출입구를 막아섰다.

그리고 출입구 안쪽에서 기동포탑이 독침충들을 공격했다.

포격모드 개발은 안 되어 있었지만, 그럼에도 기동포탑의 통상 공격은 독침충보다 사거리가 길고 위협적이었다.

독침충들은 살짝 뒤로 물러나 블로킹을 하는 건설로봇들을 일점사격 했다.

그 순간, 이신의 APM(분당 명령 횟수)이 순간적으로 치솟았다.

건설로봇끼리 수리하고, 체력 다 닳은 건설로봇을 뒤로 빼고, 블로킹을 안 하는 다른 건설로봇들은 독침충을 공격하고, 기동포탑은 독침충들의 사거리를 넘나들며 공격하고, 병영에서 계속 보병을 생산하고…….

그 와중에 기갑정거장에서 고속전차를, 막 완성된 항공정거장에서 스텔스 전투기를 생산했다.

―막습니다! 막는 분위기입니다!

―와아, 미친 컨트롤! 신의 컨트롤이 작렬합니다!

―박영호 선수, 안 되겠다고 판단했는지 독침충들을 후퇴시킵니다. 예, 병력을 빼는데… 우와!

―오오!

갑자기 터진 해설진들의 감탄.

건설로봇 1기가 구멍 뚫린 건물 바리케이드를 다시 군량고를 지어 매워 버렸다.

독침충들이 빠져나갈 퇴로를 막아버린 것이다!

건설로봇들과 보병과 기동포탑의 총공세에 독침충들은 전멸했다.

―하하하, 이신 선수가 똑같이 되갚아줬습니다.

―아까 박영호 선수가 했듯이 똑같이 문을 닫아버려서 못 나가게 했죠!

―하지만 끝난 게 아닙니다. 이신 선수도 일꾼 피해가 상당했고, 박영호 선수도 지지 않고 추가 생산된 독침충들을 보냅니다!

3부화실에서 새로 생산된 독침충들이 이신의 진영으로 달렸다.

그때, 이신 측에서도 막 생산된 고속전차 1기가 밖으로 뛰쳐나갔다.

그리고 길목에 지뢰 2개를 띄엄띄엄 매설했다.

―어어!

―포격모드 대신 지뢰 개발을 먼저 했어요!

―그걸 박영호 선수는 모르죠! 당연히 녹침충 막기 위해 포격모드를 개발하는 게 당연하니까요!!

숨 가쁘게 달리던 독침충들은 지뢰의 반응 센서에 포착됐다.

퍼어엉! 퍼엉!

독침충들이 절반 이상 폭사당해 버렸다.

"우와아아아아ー!!"

쩌렁쩌렁하게 울려 퍼지는 환호.

이윽고 대형 화면이 양 선수의 모습을 차례로 보여주었다.

속았다는 듯 입술을 씰룩이며 인상을 쓰는 박영호.

그리고 이신…….

이신은 나직이 미소 짓고 있었다.

너무 재미있다는 듯이.

속았지? 하고 즐거워하는 천진난만한 어린아이처럼.

늘 이름 그대로 신처럼 절대적이고 무감정했던 그는, 처음으로 팬들 앞에서 인간이 되어 있었다.

그것은 모든 관객의 마음을 뒤흔들었다. 무엇보다도,

"그렇게 재미있니?"

어머니는 눈가에 눈물이 고인 채 따라 웃고 있었다.

게임은 아직 끝나지 않았다.

박영호는 전략적 판단이 매우 빨랐다.

추가로 보낸 독침충이 예상치 못한 지뢰를 밟고 폭사했지만, 그때 이미 박영호는 쐐기충 중심으로 체제를 전환하고 있었다.

신속하게 지상유닛인 독침충에서 비행 유닛인 쐐기충으로 전환해 이신에게 타격을 입히겠다는 의도였다.

물 흐르듯이 체제를 바꿔 버리는 박영호의 운영은 과연 톱클래스라 할 만했다.

하지만 이신은 몇 수 앞을 내다보고 있었다.

항공정거장에서 막 생산된 스텔스 전투기를 박영호의 진영으로 보낸 것.

스텔스 전투기는 정찰용.

독침충의 한타 공격이 끝나면 체제를 전환할 것이라고 예상했기에, 그것을 확인하려는 정찰이었다.

아직 쐐기충이 생산되지 않았기 때문에 스텔스 전투기는 박영호의 진영으로 걸림 없이 침투했다.

슥 둘러보며 일벌레의 숫자를 확인했고, 독침충이 충원되지 않았다는 사실도 알아냈다.

그렇다면 부화실에서 부화 중인 알은 쐐기충이 분명했다.

'그렇다면.'

퍼어엉! 펑!

이신은 본진에서 건설하던 기갑정거장 2개를 취소시켜 버렸다.

그리고 건설로봇들이 일제히 병영 4개를 한꺼번에 짓기 시작했다.

—아, 이신 선수도 판단이 빠르죠!

—곧바로 기갑정거장을 취소해 버리고 병영 체제로 바꿔 버립니다. 정말 두 선수 모두 유연성이 킹킹하네요. 둘 다 오늘 경기를 위해 많은 준비를 했을 텐데, 그걸 기꺼이 내던져 버릴 줄을

알아요!

─자, 정찰은 마쳤는데, 과연 이신 선수의 스텔스 전투기는 순순히 그냥 돌아갈까요?

돌아가지 않았다.

이신의 강력한 공격 본능은 스텔스 전투기로 하여금 하늘에 떠다니는 하늘군주를 사냥하게 했다.

독침충들이 달려와 대응했지만, 스텔스 전투기는 곡예를 하듯이 독침의 사정거리를 넘나들며 터닝 샷을 펼쳐 1마리를 잡아냈다.

그리고 박영호의 쐐기충이 완성되기 전에 냉큼 돌아갔다.

하지만 유유히 돌아가는 순간이었다.

퍼어엉!

미처 반응할 틈도 없이 파괴당한 스텔스 전투기.

후퇴하는 스텔스 전투기의 동선을 예측하고 배치해 놓은 독침충들 때문이었다.

─하하하, 이번에도 지지 않고 주고받네요.

─정말 두 선수 치열합니다.

치열한 격전!

쐐기충들이 빠르게 날며 이신의 본진에 당도했다.

이신의 본진에서 나타난 것은 바로 로켓 프리깃.

퍼퍼퍼펑!

로켓 프리깃이 쐐기충들에게 로켓 미사일을 난사했디.

일반적으로 괴물의 쐐기충 견제에 대한 인류의 대책은 대공포로 도배해 놓는 것.

하지만 이신은 그 대신 로켓 프리깃을 선택했다.

로켓 프리깃을 절대로 잃지 않고 잘 컨트롤할 자신이 있어야
할 수 있는 선택이었다.

일직선상에 있는 모든 적에게 미사일을 쏘는 로켓 프리깃.

쐐기충은 즉시 방향을 돌려 후퇴했다.

하지만,

타타타타탕―!

보병·의무병 무리가 후퇴하는 쐐기충들을 기다리고 있었다.

―우와! 이번에는 이신 선수가 되갚아줍니다!

―저건 너무 크게 갚아줬죠! 쐐기충들이 후퇴할 거라고 예상
되는 지점에 보병 부대를 배치하고 기다리는 준비성!

보병 부대를 두 갈래로 나눠 배치하고, 로켓 프리깃으로 몰이
를 한 천재적인 전술이었다.

살아 돌아간 쐐기충의 숫자는 고작 3마리에 불과했다.

그건 박영호에게는 너무 심대한 타격이었다.

―아, 지금이죠. 이신 선수가 진군을 시작합니다.

―이제 끝내 버리겠다 이겁니다!

보병·의무병이 3대 1 비율로 섞인 다수 병력.

기동포탑 3기.

고속전차 1기.

로켓 프리깃 3기.

이신은 승세가 자신에게 기울었다고 판단하고 즉각 진군을 개

시했다.

일반적으로 이런 상황까지 오면 원사이드로 인류의 승리였다.

하지만······.

촤촤촤촥―!!

일순간에 벌어진 일이었다.

땅속에서 촉수들이 튀어나와 보병들을 덮쳐 버렸다.

거의 동시에 이신의 반사 신경이 반응, 보병들을 뒤로 물려 세웠다.

하지만 단 한 차례의 촉수 공격만으로도 절반에 가까운 보병이 몰살당했다.

―진군 예상 루트에 잠복시켜 놓은 촉수충의 공격이 제대로 들어갔습니다!!

―와, 박영호 선수 그냥 당해주는 법이 없네요. 쐐기충을 보여준 후에 바로 촉수충으로 체제를 바꿔 버렸어요.

―예, 이신 선수가 병영 체제로 전환했고, 로켓 프리깃을 뽑느라 전술위성도 없었거든요. 그걸 생각하고서 독침충을 촉수충으로 변태시킨 거였거든요! 아까 쐐기충을 잃지 않았더라면 이때 아예 병력을 다 싸먹을 수도 있었던 거거든요!

―아무튼 이신 선수의 진군에 한 번 제동을 거는 박영호 선수! 극히 불리한 이 상황이야말로 철벽괴물의 진가가 발휘되는 겁니다!!

촉수충 8마리에 이어 폭탄충들까지 대동하고 나타난 박영호의 병력.

폭탄충들은 로켓 프리깃을 격추시키기 위해 뽑은 것이었다.

로켓 프리깃만 격추시키면, 다시 쐐기충을 뽑아 지상과 공중이 조합된 연계공격을 퍼부을 의도였다.

물론 이신의 병력에 비하면 초라한 전력이었다.

하지만 이신에게 전술위성이 없으니, 땅속에 숨은 촉수충을 식별할 방법이 레이더밖에 없었다.

레이더는 에너지에 한계가 있어 사용 횟수가 정해져 있다.

즉 이신의 진군을 적당히 지연시키며 시간을 벌겠다는 전략이었다.

"박영호! 박영호!"

"이신! 이신! 이신!"

관중의 연호가 쩌렁쩌렁하게 울려 퍼졌다.

양 팀 벤치에서 선수와 코치와 감독이 심각한 표정으로 지켜보았다.

화면에 두 선수의 모습이 차례로 잡혔다.

둘 다 투지에 차 있었다.

긴박한 승부의 순간 앞에서 이신은 가볍게 한숨을 쉬었다.

이신의 병력이 일제히 움직였다.

＊　　　　＊　　　　＊

게임 사운드 외엔 아무것도 들리지 않는다.

방음 부스와 차음 헤드셋 안의 침묵의 세계.

그 고요한 정적 속에서 이신의 뇌리로 수많은 전술이 스쳐 지나갔다.

단지 몇 초에 불과한 찰나.

이신은 머릿속에 들어 있는 모든 지식을 뒤져 가며 검색한 끝에 올바른 답안을 찾아냈다.

'가자.'

이신이 공격에 나섰다.

보병과 의무병과 기동포탑이 반포위 진형(陣形)을 형성한 채 촉수충들에게 달려들었다.

고속전차 1기는 질풍처럼 시계 방향으로 선회했다.

레이더를 뿌려 땅속에 숨은 촉수충을 시야에 밝혔다.

그리고 공격!

레이더가 뿌려진 순간, 박영호도 무섭게 반응했다.

레이더를 뿌린 이펙트와 효과음을 감지하자마자 촉수충들이 땅속에서 튀어나와 뒤로 달아난 것이다.

하지만 촉수충들의 퇴로는 이미 고속전차가 지뢰 2개를 매설한 뒤였다.

퍼어엉! 퍼엉!

―꾸어엉!

―꾸엉!

촉수충들이 구슬픈 비명을 지르며 폭사.

살아남은 건 고작 촉수충 2마리.

보병들이 각성제를 흡입하고 달려들었다. 촉수충 2마리가 땅

속에 숨자, 이신은 다시 레이더를 뿌렸다.

박영호는 폭탄충으로 로켓 프리깃을 덮쳤다.

'내가 촉수충에 신경 쓰는 동안 로켓 프리깃을 잡겠다고?'

이신도 박영호만큼이나 빠르게 반응했다.

그 짧은 순간에 폭탄충들에게 타깃팅이 된 로켓 프리깃 1기를 움직여 빙글빙글 돌았다.

폭탄충들이 그 로켓 프리깃을 쫓아 빙빙 도는 동안, 다른 로켓 프리깃들이 로켓 미사일을 쏴서 한두 마리씩 제거했다.

박영호도 순간적으로 타깃을 바꿔서 다른 로켓 프리깃을 노렸다.

그러자 이신도 새로 타깃팅이 된 로켓 프리깃을 움직여 선회했다. 다른 로켓 프리깃이 미사일을 난사했다.

"우와아아아아아!"

"오오오!"

"어어어?!"

스릴 넘치는 아슬아슬한 컨트롤.

이신의 손끝에 의해 만여 명이 넘는 관중이 비명을 지르고 함성을 지르고 탄사를 내뱉었다.

폭탄충들이 전부 격추되었다. 로켓 프리깃들은 체력이 너덜너덜했지만 한 기도 잃지 않았다.

ㅡ우와아아! 저게 사람의 컨트롤입니까!!

ㅡ박영호의 모든 빈틈을 좌절시킨 선술과 컨트롤입니다! 어떻게 저 순간에 고속전차 하나를 척후로 침투시켜 지뢰를 매설하

는 판단을 내리는 건지, 뇌 구조가 우리와 다른 건가요?!

　―이제 거침없습니다! 이신 선수, 계속 진격해서 마침내 박영호의 앞마당에 당도했습니다!

　앞마당에 이르러 기동포탑들이 일제히 포격모드로 전환했다.

　그리고 그 순간, 박영호의 앞마당 부화실에서 유닛들이 생산되었다.

　무수히 많은 바퀴들.

　값싸고 빠르지만 체력이 약한 유닛들이었다.

　하지만 그 틈바구니에 무언가 유닛 하나가 더 끼어 있었다.

　촤아아악!

　장구벌레처럼 생긴 괴물 유닛이 시커먼 안개를 뿌려 버렸다.

　―괴물주술사가 드디어 나왔습니다!

　―와, 박영호!

　괴물주술사의 흑안개는 모든 원거리 공격을 무위로 돌리는 효과가 있었다. 즉, 흑안개 안에 들어가 있는 유닛은 보병도 기동포탑도 공격이 불가능한 것이었다.

　흑안개가 뿌려지자 바퀴들이 일제히 덤벼들었다.

　퍼엉! 펑!

　흑안개 속에 있던 기동포탑들이 2기나 박살 나버렸다.

　박영호는 계속 흑안개를 뿌리며 반격했고, 이신은 일시적으로 병력을 뒤로 물릴 수밖에 없었다.

　―철벽괴물 박영호!! 아슬아슬한 순간에 괴물주술사가 니외 줘서 목숨을 건졌습니다! 아, 정말 철벽입니다! 그렇게 당했는데

초월　283

도 끝내 무릎 꿇지 않아요!

—두 선수 모두 징글징글합니다!

경기장은 열기로 후끈거렸다.

박영호도 이신도 무아지경으로 치고받았다.

이신은 정찰위성 1기가 도착하자 다시 공격을 재개했다.

공격하려는 모션을 취하자, 박영호가 조금의 딜레이도 없이 흑안개를 뿌렸다.

흑안개 속으로 새로 변태가 완료된 촉수충 2마리가 들어갔다. 철벽괴물다운 미친 수비력이었다.

그 순간, 항공수송선이 나타났다.

항공수송선이 보병과 의무병 도합 8명을 태워 방어선 너머로 박영호의 본진에 침투했다.

본진에 보병들과 의무병이 내리기 시작했는데,

퍼엉!

내리는 도중 폭탄충 2기가 날아와 항공수송선과 자폭했다.

"와아아아아!"

"박영호! 박영호!"

박영호의 철벽 수비!

중도에 격추당하는 바람에 살아남은 병력은 고작 보병 3명과 의무병 1명이었다.

보병 3명이 각성제를 흡입하고 달려들었다.

인벌레들은 시상에 자원 공급에 타격을 가하기 위해서였다.

하지만 막 본진에 돌아온 촉수충 하나가 땅속에 숨어들었다.

좌아악!

촉수로 긁는 순간, 보병들이 옆으로 피했다.

레이더를 뿌리고 촉수충에게 총을 쏴 갈겼다.

촉수충의 타깃팅이 된 보병이 빙글빙글 돌며 피해댔다. 촉수가 긁어지는 순간에 움직여 피하는 고도의 컨트롤이었다.

—꾸어엉!

촉수충이 끝내 보병을 하나도 잡지 못하고 사살됐다.

—지금 뭐 합니까?! 저 보병은 이신이 컨트롤하는 보병이에요! 박영호! 더 와야죠!

—항공수송선까지는 격추했는데, 저 조금의 병력이 또 박영호 선수를 괴롭힙니다! 정말 집요한 견제! 저게 이신이죠!

보병 3명과 의무병 1명은 박영호의 일벌레를 계속 사살했다.

결국 촉수충 1마리와 바퀴 10마리가 돌아와서 간신히 테러를 진압할 수 있었다.

하지만 피해가 컸다.

당한 일벌레는 5마리.

가뜩이나 수세에 몰렸던 박영호에게 정신적인 데미지를 더 선사하였다.

그런데,

퍼어엉—

반대편에 있는 이신의 진영에서 이변이 벌어졌다.

막 생산된 정찰위성이 전장으로 이동하는 찰나, 폭탄충 2마리가 나타나 자폭한 것이다.

뿐만 아니라, 전장에 있던 정찰위성마저도 폭탄충 6마리가 일제히 덮쳤다.

보병들과 로켓 프리깃의 화망(火網)을 뚫고, 간신히 살아남은 2마리가 자폭했다.

퍼어어엉!

불꽃놀이처럼 터져 버리는 정찰위성.

정찰위성이 없으니 촉수충을 상대하기가 한층 더 까다로워졌다. 게다가 레이더도 방금 보병 테러 때 써버린 뒤였다.

—바, 박영호!!

—철벽!!

다시금 환호가 울려 퍼졌다.

계속 정신적인 데미지를 입고 만신창이가 되어도 끝내 굴하지 않는 박영호.

그의 별명은 철벽괴물이었다.

전술위성을 격추시킴으로서 다시 한 번 버텨내는 데 성공한 박영호.

"박영호! 박영호!"

경기장에 울려 퍼지는 함성.

관중들은 불리한 상황 속에서도 열심히 싸우는 박영호를 더 응원했다.

이신은 웃었다.

강한 상대. 그래서 더 부수는 맛이 각별하다

이신도 본격적으로 움직였다.

확장 기지를 추가로 가져가고, 항공정거장을 늘려 지어 전술위성을 미친 듯이 뽑았다.

공격 나가 있는 병력은 계속 박영호를 압박하며 나오지 못하게 했다.

그러면서 고속전차를 3시 지역으로 정찰 보냈다.

3시에 몰래 짓고 있는 박영호의 부화실을 발견.

들통이 나자 박영호는 부화실 건설을 취소할 수밖에 없었다.

어떻게든 자원 확보를 위해 확장 기지를 가져가려는 걸 칼 같이 차단한 것이다.

—아, 이신 선수 정말 날카롭습니다!

—박영호 선수가 부활할 빌미를 철두철미하게 짓밟고 있습니다!

—방법이 없어요. 어떻게든 박영호 선수는 앞마당 앞에 진 치고 있는 병력을 걷어내고 진출해야 해요!

이신의 행동은 점점 더 빨라졌다.

전술위성 3기가 생산되자 로켓 프리깃으로 호위하며 전장에 데려왔다.

파앗! 팟! 팟!

전술위성은 고속전차 6기에게 디펜시브 실드를 걸어주었다.

디펜시브 실드로 보호된 고속전차 6기가 특공대처럼 박영호의 진영에 침투했다.

아예 정면 돌파였다.

콰콰악! 최최악!

사방에서 흑안개 속에 숨어 있는 촉수충들이 공격했지만, 무시하고 돌입한 이신.

앞마당에 새로 생산된 괴물주술사를 보자마자 일점사로 사살!

연이어 식량 자원을 채집하는 일벌레들을 닥치는 대로 사냥했다.

"와아아아아아!"

"오오오!"

슈퍼 플레이에 팬들이 탄성이 터져 나왔다.

1마리, 2마리, 3마리……!

촉수충과 바퀴가 벌 떼처럼 덤벼 테러를 진압했다.

하지만 그 짧은 틈새에 고속전차들은 전광석화처럼 일벌레 7마리를 사살한 뒤였다.

디펜스의 핵심인 괴물주술사까지 포함해 박영호에게 엄청난 데미지를 입힌 셈이었다.

―이신 선수의 날카로운 찌르기!

―정말 보는 관점이 남다릅니다! 어떻게 디펜시브를 걸고 대놓고 쑥 들어갈 생각을 하나요?! 박영호 선수도 눈 뜨고 코 베인 기분일 겁니다!

한순간의 일격으로 인하여 박영호는 휘청거렸다.

그리고 더 무서운 광경이 이어졌다.

―저게 뭔가요?!

해설진도 경악했다.

너무나 전투가 치열했던 나머지 경기장이 화면은 전투지역만 비췄을 뿐, 이신의 본진 지역을 비추지 않았었다.

그래서 진군을 시작한 엄청난 숫자의 고속전차와 기동포탑을 보며 모두가 어안이 벙벙해졌다.

　—어, 엄청난 물량입니다!

　—방금 그렇게 고속전차를 컨트롤하는 와중에 기갑 체제로 전환하고 저런 물량을 뽑아냈나요?! 정말 신입니까! 손이 몇 개입니까, 이신 선수!!

　때마침 경기장의 화면이 이신의 개인 화면을 보여주었다.

　"오오—!"

　"히익!"

　경악하는 관중들.

　화면이 미친 듯이 전환되고 있었다.

　저게 인간의 인지능력으로 허용되는 수준인가 싶을 정도로 화면이 휙휙 바뀌었다.

　전투 지역에서 컨트롤을 하고, 확장 기지를 추가로 가져가고, 본진에서 병력을 계속 생산하고, 사방팔방으로 정찰을 보내 혹시나 숨겨진 박영호의 확장 기지가 있는지 체크!

　보는 사람이 다 현기증이 날 정도였다.

　이신은 거의 무아지경 속에서 엄청난 수준의 멀티태스킹을 아까부터 계속 유지하고 있었던 것이다.

*　　　　　*　　　　　*

　박영호의 이마에 땀이 비 오듯이 흘렀다.

장시간 집중력을 극도로 유지해야 하는 부담이 고스란히 몸에 나타난 것이었다.

공격을 받았다는 안내음이 계속해서 떴다.

로켓 프리깃이 본진 내부까지 침투해 하늘군주를 사냥했다.

폭탄충이 달려들어 1기를 잡아내니, 이번에는 항공수송선이 언덕 위에 기동포탑을 운반했다.

언덕 위에서 포격모드로 변신한 기동포탑이 막강한 화력을 뿜었다.

쉴 틈이 없었다.

하늘군주에 바퀴들을 잔뜩 태워 언덕 위에 드롭했다.

바퀴들이 벌 떼처럼 모여들어 기동포탑 2기를 정리했다.

바로 그 순간에 다시금 디펜시브 실드로 보호된 채 달려드는 고속전차 2기!

이번에는 바퀴들로 제대로 길목을 막아 들어오지 못하게 했다.

엄청난 속도로 공방을 주고받는 두 사람!

하지만 고속전차의 목적은 이번에는 침투가 아니었다.

'……?!'

박영호는 순간 자신의 눈을 의심했다.

흑안개 속으로 들어온 고속전차가 지뢰를 매설했다.

흑안개 속에 있던 촉수충들 코앞에 말이다.

촉수충들이 가만히 있지 않고 촉수를 뻗었지만, 그 공격은 지뢰가 아닌 고속전차에게 향했다.

'어림없어!'

박영호는 즉각 매설된 지뢰 2개를 일점사격 했다.

하지만 그 순간,

파아앗! 파앗!

전술위성이 지뢰에 디펜시브 실드를 걸어 버렸다!

촉수충들이 일점사해도 실드로 보호받아 제거되지 않은 지뢰들은 일제히 튀어나와 촉수충들과 자폭했다.

―꾸어엉!

―꾸어엉!

―꾸엉!

촉수충 3기와 바퀴 6기가 일제히 지뢰에 폭사당했다.

'저게 뭐야!'

디펜시브 지뢰!

전성기 시절에도 아주 간혹만 선보였던 이신의 성명절기 같은 컨트롤 스킬이었다.

그걸 어떻게 이런 난전 속에서 펼칠 수가 있단 말인가!

촉수충들이 몰살당하자 이신의 병력이 물밀 듯이 진군했다.

밀고 들어온 기동포탑들은 앞마당의 부화실을 타격할 수 있는 거리에서 포격모드로 변신했다.

퍼퍼퍼퍼퍼펑―!!

박영호의 심장을 때리는 듯한 포격이었다.

이젠 자신이 졌다는 걸 알고 있었다.

하지만 오기가 늘었다.

박영호는 마지막까지 하늘군주에 괴물주술사와 바퀴들을 잔뜩 태운 뒤에 움직였다.

저 기동포탑들 위에 바퀴들을 잔뜩 떨어뜨릴 생각이었다. 거기에 괴물 주술사로 흑안개를 펼치면, 잘하면 저 병력을 전부 잡아먹을 수 있는 것이다.

병력을 가득 머금은 하늘군주 4기가 이동했다.

하지만 기다렸다는 듯이 나타나는 로켓 프리깃!

박영호는 로켓 프리깃에 의해 하늘군주가 전부 격추되기 전에 병력을 지상에 떨어뜨렸다.

목표였던 기동포탑의 바로 머리 위에 드롭하지는 못했다.

그리고…….

두 사람의 반사 신경이 교차했다.

드롭한 즉시 괴물주술사로 흑안개를 펼치려 했던 박영호.

하지만 기다리고 있던 이신은 괴물주술사가 눈에 보이자마자 기동포탑으로 일점사격을 해버렸다.

흑안개 한 번 뿌려보지 못하고 괴물주술사는 죽어 버렸다.

머릿속이 새하얘졌다.

아무 생각도 들지 않았다.

전략적으로도 컨트롤로도, 심지어 속도로도 압도를 당했다.

모든 전의가 꺾여 버린 그 순간, 이신은 마지막까지도 상대를 가만 놔두지 않았다.

항공수송선이 본진에 들어와 고속전차 4기를 드롭한 것이다.

고속전차들이 일밸데글 사냥아기 시삭함과 동시에,

—Runner : GG

"꺄아아아아악!"

"우와아아아아!"

차음 헤드셋을 벗으니 부스 밖에서 쩌렁쩌렁하게 울려 퍼지는 관객들의 열광이 아스라이 들려왔다.

박영호는 머리를 싸쥐고 괴로워했다. 분해서 견딜 수가 없었다.

꼭 이기고 싶었는데!

땀에 범벅이 된 채 괴로워하는 박영호. 결국 JKT의 최용훈 감독이 부스 안에 들어와 박영호를 다독이며 데리고 나가야 했다.

한편, 이신은 동료들과의 하이파이브도 세리머니도 생략한 채 지친 모습으로 자기 자리에 털썩 주저앉아 버렸다.

카메라가 자신에게로 자꾸 들이대자 치우라고 짜증을 내고 싶었지만, 이신은 마지못해 오른손을 들어 팬들에게 인사했다.

"와아아아아!"

"카이저! 카이저! 카이저! 카이저!"

—이 함성이 들리십니까? e스포츠를 사랑하는 모든 팬 분들이 신의 부활을 찬양하고 있습니다! 카이저가 돌아왔습니다!

—이미 복귀 후 여러 차례 멋진 경기를 보여줬지만, 오늘의 이 매치는 의미가 다르죠!

—아, 물론입니다! 상대가 박영호였습니다! 신진 최강자 쌍영의 일인에 세계부대에서노 성상급 기량을 입중힌 그 박영호였단 말이죠! 그런 박영호를 상대로 자신의 진가를 제대로 보여줬습니다!

―박영호 선수도 정말 잘해줬습니다. 누가 오늘의 박영호 선수 플레이를 보고 못했다고, 박영호답지 않았다고 할 수 있겠습니까?

―그렇습니다! 졌다, 졌다 싶은 분기마다 철벽같은 디펜스를 폭발시키며 버텨내는 그 근성, 그 역량! 정말 대단한 명승부였습니다!

―하지만 오늘, 모든 면에서 이신 선수가 박영호 선수를 압도한 그림이었습니다. 전체적인 큰 전략의 틀에서 보면, 결국 박영호 선수로 하여금 먼저 공격을 시도하게 한 뒤에 자신이 철벽처럼 막아내 우위를 차지하는 그림이었죠. 차라리 계속 테크트리를 타고 확장을 가져가면서 후반을 도모하면 어땠을까 하는 아쉬움도 남습니다.

―하지만 그때 승부를 보고자 했던 판단은 틀린 판단이 아니었죠!

―그렇죠. 보통은 거기서 끝낼 수 있었을 텐데, 상대가 또 이신이었죠! 정말 신의 경지의 디펜스를 보여줬어요. 게다가 후반에 가서도 다각도로 반격을 퍼붓는 박영호 선수에게 정말 한 치의 빈틈도 없이 모조리 받아치면서, 정말 완벽한 경기를 펼쳤습니다! 끝내 마지막에 가서는 저 박영호 선수가 이신 선수의 템포를 쫓아가지 못할 정도였죠!

―예, 피지컬적인 측면에서도 박영호 선수에게 밀리지 않는 모습을 보여주면서, 진정한 의미에서 부활의 신호탄을 쏘아 올렸다고 할 수 있습니다.

―에, 근데 이신 신수의 신속을 못 본 게 조금 아쉽죠?

―하하하, 그렇습니다. 그냥 아예 3 대 3 나오고 에이스 결정전

에서 한 판 더 붙으면 어떨까요?

　―하하하! 방진호 감독이 들으면 화낼 의견이었습니다.

　탈진한 이신은 벤치에 몸을 기댄 채 조용히 입을 열었다.

　"나 맞지?"

　"뭐가요?"

　옆에서 주디가 눈을 동그랗게 뜨고 물었다.

　"방금 내가 플레이한 게임 맞지?"

　"네."

　주디가 웃으며 말했다.

　"예전의 카이저의 모습 그 자체였어요."

　이신은 웃었다.

　그렇게 밝게 웃음 짓는 그의 모습에 또다시 모두가 놀랐다.

　"나도 그렇게 느꼈어."

　나는 신이다.

　게임의 신이다.

　그렇게 이신은 충만하게 차오르는 자신감을 느꼈다.

　3세트는 주디의 차례였다. 상대는 장민태라는 신족 플레이어
였다.

　이신은 주디에게 손짓했다.

　주디가 가까이 다가오자 귓가에 대고 속삭였다.

　"생 더블. 병력 풀로 모일 때까지 절대 싸워주지 말고, 센터에
시뢰민 열심히 깐아."

　"네."

"이기고 와."

"네!"

격려를 받은 주디는 신이 나서 부스로 향했다.

그리고 3세트, 이신의 작전대로 주디는 순조롭게 승리를 얻었다.

시작부터 확장 기지를 가져가 자원 우위를 얻은 주디는 조급해진 상대의 도발에 넘어가지 않고 방어와 병력 생산에만 몰두했다.

이리저리 공격을 시도해 보려고 병력을 운용한 장민태.

하지만 오히려 계속해서 지뢰를 밟아 손해만 보는 모습을 보이다가 주디의 총공격 한 방에 무릎 꿇었다.

특별히 슈퍼 플레이를 보여주지 않았지만, 무난하게 승리를 얻어가는 모습은 이신이 의도했던 양민학살머신의 모습 그 자체였다.

뒤이어 4, 5세트는 JKT가 승리를 가져가면서 에이스 결정전에 대한 희망의 불씨를 틔웠지만, 6세트에서 정다울이 마침내 데뷔 첫 승을 따내며 스코어는 4 대 2가 되었다.

MBS의 첫 승리였다.

『마왕의 게임』 4권에 계속…

멱운 장편 소설

FUSION FANTASTIC STORY

전공
삼국지

2세기 말 중국 대륙.
역사상 가장 치열했던 쟁패(爭覇)의
시기가 열린다!

중국 고대문학을 공부하던 전도형,
술 마시고 일어나니 도겸의 둘째 아들이 되었다?

조조는 아비의 원수를 갚으러 쳐들어오고
유비는 서주를 빼앗으려 기회만 노리는데…….

"역시 옛사람들은 순수하다니까.
　유비가 어설픈 연기로도 성공한 데는 다 이유가 있지, 암."

때로는 군자처럼, 때로는 효웅처럼!
도형이 보여주는 난세를 살아가는 법!

Book Publishing CHUNGEORAM

유행이 아닌 자유추구 –
WWW.chungeoram.com

이경영 판타지 장편소설

FANTASY FRONTIER SPIRIT

그라니트

용들의 땅

GRANITE

사고로 위장된 사건에 의해 동료를 모두 잃고 서로를 만나게 된 '치프'와 '데스디아'.
사건의 이면에 상식을 벗어난 음모가 있음을 알게 된 둘은
동료들의 죽음을 가슴에 새긴 채 각자의 고향으로 돌아간다.
2년 후, 뜻하지 않게 다시 만난 두 사람은 동료들의 복수를 위해
개척용역회사 '그라니트 용역'을 설립해 다시금 그 땅을 찾게 되는데……

용들이 지배하는 땅 그라니트!
그곳에서 펼쳐지는 고대로부터 이어지는 운명적 만남,
깊어지는 오해, 그리고 채워지는 상처.

『가즈 나이트』시리즈 이경영 작가의 미래형 판타지 신작!

Book Publishing CHUNGEORAM

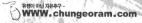
유행이 아닌 자유추구 -
WWW.chungeoram.com